Corazón encadenado

Barbara Gale

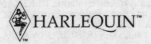

HARLEQUIN™

Editado por HARLEQUIN IBÉRICA, S.A.
Hermosilla, 21
28001 Madrid

I.S.B.N.: 978-84-671-6198-4
Depósito legal: B-15078-2008
Editor responsable: Luis Pugni
Preimpresión y fotomecánica: M.T. Color & Diseño, S.L.
C/. Colquide, 6 portal 2 - 3º H. 28230 Las Rozas (Madrid)
Impresión y encuadernación: LITOGRAFÍA ROSÉS, S.A.
C/. Energía, 11. 08850 Gavá (Barcelona)
Fecha impresión Argentina: 3.11.08
Distribuidor exclusivo para España: LOGISTA
Distribuidor para México: CODIPLYRSA
Distribuidores para Argentina: interior, BERTRAN, S.A.C. Vélez
Sársfield 1950 Cap. Fed./ Buenos Aires y Gran Buenos Aires,
VACCARO SÁNCHEZ y Cía, S.A.
Distribuidor para Chile: DISTRIBUIDORA ALFA, S.A.

Capítulo 1

Una ciudad se salva tanto por sus hombres dignos como por los bosques y los pantanos que la rodean.
Henry David Thoreau, 1862

Con los limpiaparabrisas moviéndose a toda prisa, Maggie intentó no dejarse llevar por el miedo al tiempo que acercaba la furgoneta al arcén para ajustarse a aquel estrecho paso de montaña. Maldiciendo con palabras que ni siquiera sabía que conociera, prometió que aquel viaje sería el último. Empezaba a estar mayor para tonterías; que lo hicieran los médicos más jóvenes. Un viaje bajo la intensa lluvia por las montañas de New Hampshire no era la idea que ella tenía de pasarlo bien. Como doctora de la Clínica Móvil de Nueva Inglaterra, hacía tiempo que Maggie había asumido que perderse en la carretera formaba parte de su trabajo y solía tomarlo como una aventura. Pero dichas aventuras solían tener lugar en Massachusetts, donde vivía. Esa vez se había ofrecido a atender un caso en New Hampshire sólo para hacerle un favor a un compañero que estaba enfermo. Eso no significaba que las últimas dos semanas no hubieran sido maravillosas; no había tardado nada en enamorarse de New Hampshire, de sus montañas blancas y de todas aquellas magníficas personas que le habían abierto las puertas de sus casas y de sus corazones. Pero en aquel momento, resfriada y con fiebre, no estaba de humor para adentrarse en otra carretera rural. Perdida en las montañas en mitad de la tormenta, sin cobertura en el móvil, con el termo de café vacío y el depósito de combustible muy cerca de estarlo… lo que menos le preocupaba era estar lanzando todo tipo de improperios.

Desde luego aprendería una buena lección. De ahora en adelante prestaría más atención a los informes meteorológicos, cosa que habría hecho si no hubiera estado tan ansiosa por volver a casa y curarse aquel resfriado. Había tenido tantas ganas de poder meterse en la cama que se había olvidado por completo del sentido común. Para colmo de males, cada vez estornudaba más y le quedaban menos pañuelos de papel y no llevaba ni una sola pastilla para el resfriado en el maletín… ¡menuda doctora! Cuánto deseaba haber hecho caso a su instinto y haber dado la vuelta en aquel cambio de sentido que había visto siete kilómetros antes. Por otra parte, si no encontraba pronto una gasolinera, no podría continuar. Seguramente podría salirse de la carretera y dormir en la furgoneta hasta que alguien la encontrara. Sin duda habría coches de policía vigilando la carretera. Desde luego, lo que necesitaba era un guapo agente que acudiera en su ayuda.

No, un agente y una taza de té caliente.

Aunque, en la situación en la que estaba, también podría prescindir del agente.

Estaba luchando contra una incipiente migraña cuando por fin cambió su suerte. Trató de enfocar bien porque estaba segura de haber visto algo. ¡Sí! Apenas podía verse con la que estaba cayendo, pero sí, había un cartel escondido entre las ramas de un árbol. Se le habían caído algunas letras, pero desde luego era un cartel de carretera, la promesa de algún tipo de civilización. Maggie rezó por que aquel cartel anunciara Bloomville, como indicaba su mapa.

Pr m s
Hab. 350
5 k s

«¿Promesa?» Lo que estaba claro era que no decía Bloomville. Era una pena no conocer mejor New Hampshire.

«¿350 habitantes? Qué pequeño».

5 kms. ¿Qué serían, cinco kilómetros, o cincuenta? Con la mirada clavada en el indicador del nivel de combustible, rezó por que fueran cinco.

Diez minutos después, consiguió vislumbrar la estación de servicio a través de la lluvia y tomó el desvío con un profundo alivio. El último trueno la había asustado tanto que ni siquiera le importaba que la gasolinera no funcionara, siempre y cuando hubiera algún ser humano con el que hablar. Se inclinó sobre el volante para ver mejor y tuvo que parpadear varias veces para luchar contra la sensación de irrealidad que proyectaba lo que tenía ante sus ojos. Aquel lugar estaba oscuro y desolado, lo que no daba demasiadas esperanzas de poder tomarse un té. Sólo esperaba que aquel viejo cartel de «abierto» que colgaba de la puerta no mintiera porque desde luego la oscuridad que había tras la ventana no invitaba a entrar. Lo único que sabía era que, tuviese el aspecto que tuviese, Maggie tenía intención de parar. Así pues, agarró su bolso y salió de la furgoneta en mitad de la tormenta.

—¿Hola? —dijo llamando a la puerta—. ¿Hay alguien? —insistió con fe.

No le sorprendió que nadie contestara, pero tampoco se dio por vencida. Maggie giró el picaporte y comprobó con alivio que la puerta se abría. Quizá el cartel no mintiera, aunque el olor a cerrado que la recibió parecía anunciar que aquel lugar estaba en completo desuso. Tuvo mucho cuidado de no separarse de la puerta hasta estar completamente segura de no correr peligro. Incluso a varios metros de distancia, podía ver que las estanterías en las que se exponía la exigua cantidad de productos estaban cubiertas de polvo. A un lado del local había un cubo de basura repleto de latas de refrescos que parecían haber ido acumulándose allí durante años. Maggie sintió rabia al ver tan poca higiene, algo que la tensaba más que el peligro que pudiera correr allí. Se atrevió a apretar un interruptor que encontró cerca y agradeció que funcionara y diera al menos un poco de luz al lugar.

—¿Hola? ¿Hay alguien? —repitió. Tenía que haber alguien.

Miró por curiosidad la fecha de caducidad de una bolsa de cacahuetes que había en la primera estantería y descubrió que el crujir del plástico era más efectivo que sus gritos.

—Supongo que tendrá intención de pagar eso.

Maggie se dio la vuelta de golpe y se encontró cara a cara con una mujer mayor y robusta que parecía haber salido de detrás de una cortina que en otro tiempo debía de haber sido de terciopelo. Su cabello gris estaba recogido en una trenza enrollada en lo alto de la cabeza, sus ojos parecían dos piedras marrones que resaltaban sobre un rostro pálido que no parecía haber sentido una brizna de aire fresco desde hacía meses.

—Hola —dijo Maggie esbozando una sonrisa—. Pasaba por aquí y he parado a echar gasolina. Bueno, lo de pasar por aquí es un eufemismo. Creo que me he perdido.

—¿Lo crees? —preguntó la mujer en un tono algo burlón.

Maggie se echó a reír.

—En realidad estoy bastante segura. Me dirijo a Boston, pero creo que he tomado un desvío equivocado. Con esta lluvia. Me he alegrado tanto de ver este sitio; buscaba un pueblo llamado Bloomville con la intención de pasar allí la noche, pero esto no es Bloomville, ¿verdad? —dijo mirando a su alrededor—. Creo que hace un rato he pasado un cartel que decía «Promesa», pero no estoy del todo segura. No conozco bien New Hampshire.

—Es Primrose —espetó la mujer—. Nada de promesas.

No estaba siendo exactamente hostil, trató de decirse Maggie a sí misma mientras veía a la mujer acercarse al mostrador con la ayuda de un bastón en el que se apoyaba para caminar. No podía ocultar el dolor que sentía y, como médico, Maggie no pudo evitar fijarse en ello, pero sabía que no debía decir nada.

—Quería repostar. He pitado, pero no ha contestado nadie.

—Dice «Autoservicio», así que quizá sea por eso por lo que no ha acudido nadie —respondió la mujer secamente—. Estas viejas piernas dejaron de servir gasolina hace ya mucho tiempo. Sólo tengo gasolina común, vendí lo poco que me quedaba de sin plomo la semana pasada. Pero dado que no hay ninguna otra gasolinera en este lado de la montaña, supongo que no le importará.

—Claro que no —respondió Maggie, sin dejarse acobardar por el genio de la mujer—. Supongo que es usted la propietaria de la gasolinera, ¿me equivoco?

—¿Por qué si no estaría aquí? —preguntó al tiempo que apoyaba un pie en un taburete.

A pesar de llevar las piernas cubiertas, casi vendadas, con unas medias gruesas, Maggie pudo ver por el rabillo del ojo que tenía los tobillos muy hinchados. Debía de dolerle mucho, pero no creía que fuera a recibir su comprensión de buena gana, a juzgar por el brillo orgulloso de su mirada.

—Entonces, si no le importa, voy a llenar el depósito.

—No me importa. Y no olvidaré incluir en la cuenta el precio de esos cacahuetes.

«Seguro que no», pensó Maggie, metiéndose la bolsita de cacahuetes en el bolsillo. Salió a la lluvia tratando de protegerse bajo la capucha de la sudadera que llevaba, pero era totalmente insuficiente. Si no se secaba pronto, al día siguiente se levantaría con neumonía, y eso si tenía la suerte de encontrar una cama.

Mientras llenaba el depósito con la lluvia cayéndole sobre los hombros, Maggie tuvo la sensación de que la mujer observaba cada uno de sus movimientos desde el interior, aunque no podría ver demasiado a través de aquellos cristales tan sucios. Volvió a la tienda y buscó un pañuelo de papel en el bolso para poder secarse un poco al menos, pues estaba completamente empapada.

—El ambiente está un poco húmedo, ¿no le

parece? —bromeó Maggie, y después continuó hablando a pesar de la falta de respuesta por parte de la mujer—. ¿Sabe? Creo que necesito una comida caliente tanto como necesitaba la gasolina. Le agradecería mucho que me dijera dónde está el restaurante más cercano.

La señora hizo caso omiso a la pregunta, en sus ojos había un claro gesto de desaprobación.

—Veo que lleva una furgoneta del Servicio Médico de Nueva Inglaterra.

—Sí… así es. Me sorprende que haya podido leer el letrero con la lluvia.

—Aún no he perdido la vista, señorita.

Bueno, seguiría intentándolo.

—¿Es usted usuaria de dicho servicio? —preguntó Maggie con amabilidad.

—Se supone que estamos incluidos en el circuito de Bloomville —replicó la mujer—. Bloomville está al otro lado de la montaña, así que supongo que no se nos ve entre los árboles —añadió en tono mordaz.

Maggie estuvo a punto de echarse a reír, pero se controló. Aquella mujer tenía mal genio, pero parecía tener también cierto sentido del humor.

—Tengo la impresión de que utiliza el Servicio Médico Móvil.

—Sí, cuando se digna a aparecer.

Maggie frunció el ceño al oír la acusación implícita en aquellas palabras.

—¿Quiere decir que alguna vez han faltado a una cita concertada?

—¡Eso es exactamente lo que quiero decir! Deberían haber venido en abril, pero aquí no apareció nadie.

Ahora comprendía su mal humor y estaba claro de que iba a hacerla pagar por que algún compañero suyo no hubiera acudido a la cita.

—La verdad es que no sabría decirle por qué no apareció la furgoneta. Mi ruta habitual no sale de Massachusetts; este mes estoy en New Hampshire para hacerle un favor a un amigo. ¿Llamó para que le dijeran qué había pasado?

—Claro que llamé, pero se limitaron a darme largas, como de costumbre. Nadie sabía nada, pero me dijeron que lo averiguarían… palabrería.

Maggie estaba desconcertada.

—Normalmente son muy eficientes con ese tipo de reclamaciones. ¿Qué le parece si hago algunas llamadas… cuando me recupere? Me parece que tengo un buen resfriado.

Si la mujer no lo había notado hasta entonces, sí tuvo que hacerlo cuando Maggie comenzó a estornudar y no le quedó más remedio que dar otro uso a los pañuelos de papel. Se sonó la nariz con fuerza. Aunque a la mujer no parecía preocuparle lo más mínimo, parecía más interesada en la ineficiencia del servicio médico que en el bienestar de Maggie. Y, a juzgar por el estado en el que tenía los pies, Maggie no la culpaba por ello. El problema era que ella tampoco estaba en muy buen estado.

—Escuche —empezó a explicarle Maggie con

la voz muy tomada—, supongo que me he equivocado de desvío, quizá más de una vez —admitió con pesar—, pero a estas alturas no tengo más
remedio que buscar un motel. Si pudiera decirme
dónde hay alguno.

—Gasolina... comida... una habitación —
murmuró la mujer—. No recuerdo la última vez
que tuvimos visita por aquí.

«¿Por qué será?», se preguntó Maggie mientras forzaba una sonrisa.

—Eso no me da muchas esperanzas.

—No —reconoció la mujer sin un ápice de
comprensión.

Maggie estaba helada y necesitaba una habitación urgentemente, una cama seca en la que poder
acostarse para no sentirse tan desgraciada. No quería que la entretuvieran sin motivo, que era lo que
parecía estar haciendo aquella mujer, pero tampoco
quería hacer enfadar a la única persona que podía
decirle dónde había un hotel, en caso de que lo hubiera. En el peor de los casos, quizá pudiera dormir
en la furgoneta, pero al mirar por la ventana y ver la
que estaba cayendo, se dio cuenta de que sería una
tortura. Quizá estuvieran en julio, pero estaba dilu-
viando y una furgoneta llena de material sería un lugar muy incómodo... y frío donde dormir. No habría sido la primera vez que durmiera en un coche,
pero de eso hacía ya mucho tiempo, entonces tenía
diecisiete años y Tommy Lee le había proporciona-
do calor y... Renunciando a la esperanza de poder
tomarse un té caliente, Maggie volvió a suplicar:

—Escuche, señora...

—Me llamo Louisa Haymaker. Eso de señora me hace sentir vieja.

—Señora Haymaker —corrigió Maggie, que empezaba a sentirse como Alicia en el País de las Maravillas—, estoy empapada, cansada y hambrienta. No me extrañaría tener neumonía. Todo eso quiere decir que no puedo conducir ni un kilómetro más. Tiene que haber algún lugar en el que pueda alojarme. No sé si servirá de algo, pero... —cuando ya no sabía qué más hacer o decir, echó mano de su maletín y sacó el estetoscopio—. ¿He mencionado que soy médica?

Por fin vio una ligera muestra de interés en el rostro de la señora Haymaker. Maggie se aferró a ese gesto y sacó también su tarjeta del hospital de Boston en el que trabajaba.

—Escuche, señora Haymaker, soy la doctora Margaret Tremont. No me encuentro bien y me gustaría volver a casa, pero como no puedo, necesito un hotel —mientras tomaba aire, puso un billete de veinte dólares sobre el mostrador—. Creo que aún no le he pagado la gasolina.

Louisa Haymaker echó mano del dinero rápidamente y no se molestó siquiera en preguntarle si quería que le diera el cambio.

—¿Podría decirme el nombre del hotel más cercano? —insistió—. Así podré marcharme.

Si la señora Haymaker tenía intención de ayudarla, no pudo hacerlo porque el crujir de la puerta las interrumpió. Ambas se volvieron a mirar y vieron aparecer a un muchacho que cerró con un portazo.

—Louisa, ¿dónde estás? ¡Ya estamos aquí! —anunció el muchacho con una alegría que hizo sonreír a Maggie.

No así a Louisa Haymaker.

—Amos Burnside, ¿cuántas veces te he dicho que no des portazos? Si esa puerta se cae, y sin duda lo hará pronto, ¿quién va a arreglarla? ¡Mira lo que estás haciendo! —le gritó señalando con el bastón el charco de agua que se había formado a los pies del muchacho.

El niño bajó la mirada. La gorra le tapaba el rostro, pero Maggie se preguntó si iba a echarse a llorar. Debía de tener siete u ocho años.

—Louisa —respondió con la voz quebrada—, no es culpa mía que esté lloviendo.

—¡Ya está bien! Mira, tenemos visita.

Amos siguió la mirada de Louisa y, al ver a aquella desconocida, se quitó la gorra y dejó a la vista un cabello rubio como el maíz.

—¿Quién eres? —le preguntó observándola con los ojos llenos de sorpresa.

Maggie también estaba sorprendida por la belleza etérea del muchacho y se preguntaba quién sería el responsable de aquel ángel que necesitaba un corte de pelo urgentemente.

—Me llamo Margaret Tremont —dijo entre violentos estornudos que le obligaron a gastar sus últimos pañuelos—. Pero mis amigos me llaman Maggie.

—Estornudas muy fuerte —apuntó el mucha-cho con voz seria.

—Está enferma, ¿es que no lo ves? —le re-prendió Louisa—. Ha parado a echar gasolina y dice que es doctora.

La sonrisa que apareció en el rostro de Amos era una mezcla de alegría y curiosidad.

—¿De verdad? ¿Eres una doctora de las de verdad?

—Te doy mi palabra —prometió Maggie.

—¡Vaya! Verás cuando se lo diga a mi padre. Yo me llamo Amos Burnside, pero mis amigos me llaman Amos —añadió con completa inocencia.

—Encantada de conocerte, Amos —después de decirlo, Maggie tuvo que carraspear—. Me pa-rece que me estoy quedando sin voz.

—Louisa tiene razón, sí que parece que estás enferma. Si de verdad eres doctora, ¿por qué no te curas?

—Amos, si supiera cómo curar un simple res-friado, no sólo me encontraría mejor, también se-ría increíblemente rica.

—¡Eso es lo que dice mi padre cada vez que yo agarro un resfriado! Si supiera como curar un resfriado, sería rico.

—El más rico del mundo.

—Entonces eso será lo que haré cuando sea mayor.

«Me quito el sombrero ante ti», pensó Maggie. «Y si consiguieras hacerlo para mañana, te estaría muy agradecida».

Pero Amos ya andaba por otros derroteros, como a menudo hacían los niños. Con una sola frase:

—¿QuéhaceaquídoctoraTremonthayalguienenfermocuántotiempovaaquedarseespeligrosoconducircionestatormentamipadresiemprelodice?

—¡Vaya! Son muchas preguntas, jovencito. Bueno, veamos. No hay nadie enfermo por aquí, que yo sepa, excepto yo misma —explicó riéndose—. Iba de camino a casa... vivo en Boston, estaba lloviendo mucho y de pronto encontré la estación de servicio de la señora Haymaker, lo cual fue una suerte porque ya casi no me quedaba gasolina. ¡Aunque también me encantaría encontrar una cama caliente en la que poder acostarme con un paquete de pañuelos! De hecho, hace un momento le preguntaba a la señora Haymaker dónde está el motel más cercano.

Amos se volvió a mirar a Louisa con evidente desconcierto.

—Louisa, ¿por qué no le has dicho lo de las casitas? Perdone, doctora, Louisa no ha debido de darse cuenta porque no solemos recibir visitas —Amos sonrió como si aquello fuera culpa suya—. Seguramente no ha visto la señal.

—Parece que hay muchas señales que no he visto —respondió Maggie lanzando una mirada a Louisa.

—Louisa es la dueña del motel. Se llama El Refugio de Jack, en honor a su marido, Jack. Aunque ya no es su marido porque está muerto, pero seguiría siéndolo si estuviera vivo. ¿Verdad, Louisa?

—Amos Burnside —dijo Louisa con voz fría como el hielo—, sabes tan bien como yo que esas casas no están en condiciones de albergar a nadie —entonces miró a Maggie y le habló con firmeza—: Si está enferma, necesita un lugar mejor en el que quedarse, un lugar cálido donde el tejado no esté a punto de caerse en pedazos.

—¡Louisa, el tejado no está a punto de caerse! Papá lo arregló la semana pasada —le recordó el muchacho—. ¿No te acuerdas? Además, tampoco hay otro sitio en el que pueda quedarse. Si de verdad hace frío allí, yo la ayudaré a encender el fuego. Papá me enseñó a hacerlo el fin de semana pasado cuando nos fuimos de acampada y…

Si las miradas mataran, Amos habría caído fulminado en aquel momento, pero parecía que no había nada que Louisa pudiera hacer para callarlo.

—Estaré encantado de encenderle el fuego, doctora Tremont —prometió Amos con una sincera sonrisa.

Maggie tuvo que morderse el labio para no sonreír también.

—Gracias, Amos —respondió correctamente mientras se preguntaba de qué nube había caído aquel ángel.

—Bueno… —intervino Louisa, sabiendo que no tenía otra alternativa que dejar que Maggie se quedara, a menos que quisiera hacer una escena—. Supongo que no pasará nada… por una sola noche.

A Maggie no le gustó que pusiera un límite tan corto a su estancia, pero no iba a pedir nada más.

—Gracias, señora Haymaker. La idea de llegar hasta Bloomville se me hacía muy cuesta arriba, y la de dormir en la furgoneta era… una tortura.

Amos estaba impresionado.

—¿Has venido conduciendo desde Bloomville?

—No, me perdí buscándolo —explicó Maggie—. Sabía por el mapa que no estaba lejos, a unos setenta kilómetros más o menos, pero con tanta lluvia, apenas podía ver las indicaciones.

—Yo sólo he estado allí una vez —admitió Amos con tristeza.

—¿Cómo es posible? Si está muy cerca, justo al otro lado de la montaña.

—Mi padre va de vez en cuando a comprar comida y otras cosas, o cuando hay alguna emergencia, pero nunca me deja ir con él. Dice que allí no hay nada que ver y que en casa tenemos todo lo que necesitamos. Rafe dice que…

—¿Quién es Rafe? —lo interrumpió Maggie.

—Mi padre. A veces le llamo papá y a veces Rafe. Está sacando la compra de Louisa de la camioneta. Rafe dice que la gente que se marcha de casa a veces no encuentra el camino de vuelta. Como mi madre, que se marchó cuando yo era muy pequeño y nunca volvimos a verla. Rafe dice…

—¡Amos! —esa vez fue Louisa la que lo interrumpió, alarmada ante la indiscreción del muchacho—. No creo que…

Pero antes de que pudiera continuar, la puerta volvió a abrirse y entró en el local un hombre empapado hasta los huesos que llenó la tienda de olor a hojas y a lana mojada. Era alto y ancho de hombros, pero se movía con elegancia a pesar de ir muy cargado.

—Amos —dijo el hombre con voz firme y amable al mismo tiempo—, has desaparecido y se suponía que sólo tenías que comprobar que Louisa estaba despierta y después volver a ayudarme a sacar la compra.

Maggie estaba intrigada por aquella voz profunda que sin embargo resultaba amable. Si Amos Burnside era como un rayo de sol, su padre sin embargo era una especie de caricatura de la belleza, con un rostro curtido, un laberinto de arrugas y una barba de varios días que se ocultaban bajo el sombrero.

Maggie no podía dejar de mirarlo.

Su cabello era como una cortina de seda negra que le caía sobre la frente. Sus ojos eran negros como el carbón, su nariz fuerte y recta y la mandíbula cuadrada. Todo ello le daba un aire sensual y muy masculino. Los vaqueros y las botas manchadas de barro eran la prueba de que pasaba mucho tiempo al aire libre, pero lo más llamativo era su altura y su porte. Debía de medir más de un metro noventa y tenía una presencia puramente masculina. Maggie pensó que seguramente no habría lugar que no dominara de inmediato con su presencia.

Algo debió de revelarle su presencia porque de pronto Rafe se giró hacia ella. Al verla, abrió los ojos de par en par y la observó de arriba abajo con un gesto completamente nuevo, una expresión de clara irritación que se hacía evidente en el modo en el que fruncía el ceño. Maggie intentó sonreír, pero no sirvió de nada; se quedó inmóvil bajo aquella mirada penetrante y llena de ira… aunque también había un cierto interés. Sin duda así habría mirado Adán a Eva al encontrársela por vez primera.

La primera impresión de Maggie era que en aquel hombre no había ni rastro de alegría, sus hombros estaban demasiado rígidos y algo le decía que había envejecido demasiado rápido. Quizá fuera por cómo se movía… despacio… como si le costara un gran esfuerzo, no se trataba de que se estuviera controlando, quizá fuera simple indiferencia. El caso fue que Maggie sintió que en otro tiempo, en aquel rostro había habido belleza y probablemente también alegría. Le sorprendió poder ver tanto en tan poco tiempo, pero automáticamente pensó que eran todo imaginaciones suyas. Sin duda fue por eso por lo que se le cortó la respiración durante unos segundos.

Capítulo 2

ALGUIEN había tomado el desvío equivocado, pensó Rafe mientras dejaba las bolsas sobre el mostrador para después mirar directamente a aquella mujer. Debía de tener treinta y muchos años y, a juzgar por lo roja que tenía la nariz, estaba enferma. También podía ser culpa del mal tiempo, pero lo cierto era que tenía muy mal aspecto. Rafe no tenía la menor idea de quién era y de qué hacía allí, pero había algo de lo que estaba seguro, no había ido a Primrose a propósito.

—¿Qué ocurre? —preguntó con suavidad, pero a nadie, al menos a los adultos, se le podía pasar por alto el tono contrariado de su voz.

—Papá, ésta es Maggie Tremont —anunció

Amos, entusiasmado por poder ser el portador de la noticia. ¡Y vaya noticia! Nada más increíble para él que la llegada de una completa desconocida—. ¡Se ha perdido, papá! ¿Y a que no sabes qué? Es doctora.

Maggie miró a Rafe mientras volvía a observarla ahora que disponía de nueva información. Pero nada cambió, Maggie sabía que su aspecto no causaba la menor impresión. Cuando la gente le decía a una que la nariz era su mejor rasgo, se sabía que el espejo no mentía. Su piel nunca sería radiante, pero tenía algunas pecas y las mejillas sonrojadas, aunque quizá en aquel momento estuvieran así por culpa de la fiebre. Si hubo algo en la mirada de Rafe que hizo que Maggie lamentara no ser hermosa, se apresuró a ocultarlo tan pronto como lo sintió. Confiaba demasiado en su inteligencia como para dejarse influir por la mirada de un hombre, por muy anchos que tuviera los hombros.

Escuchó vagamente mientras Louisa le explicaba a Rafe por qué estaba allí. Le molestaba que hablaran de ella como si no estuviera presente, pero no dijo nada. El sentido común le decía que debía tener cuidado con sus modales, pero no era fácil contener la rabia con aquel terrible dolor de cabeza. ¿No se daban cuenta de lo enferma que estaba y de que sólo quería una cama?

—Sí, soy la doctora Margaret Tremont y formo parte de la Clínica Móvil de Nueva Inglaterra.

Rafe la observó con gesto pensativo.

—Solemos utilizar sus servicios, pero normalmente nos atiende el doctor Marks.

—Sí, lo conozco, y no se preocupe, no soy su sustituta. Escuche, yo ni siquiera trabajo en New Hampshire, sino en Massachusetts, porque vivo en Boston. De hecho, tampoco estoy de servicio. Simplemente estaba en la carretera 93 y de repente... ya no estaba —suspiró con frustración.

La mirada de Rafe resultaba despectiva.

—Sé que la autopista es un poco liosa al cambiar de estado, pero no tanto.

—Lo bastante para perderme —matizó Maggie mientras se preguntaba si acaso era pecado perderse en aquellas tierras—. Como ya le he dicho, no conozco esta zona, pero deme un mes y me moveré como pez en el agua. Normalmente tengo muy buen sentido de la orientación —añadió riéndose tristemente.

Rafe seguía mostrándose escéptico.

—Para tener buen sentido de la orientación, se ha alejado mucho de su camino. Boston está muchos kilómetros al sur de aquí.

Maggie sonrió.

—En algún momento, no sé dónde ni cuándo, tomé un desvío que no era. En varias ocasiones he tenido miedo de caerme por la ladera de la montaña, debió de ser cuando el asfalto se convirtió en barro. Yo que ustedes, llamaría al servicio de carreteras y me quejaría.

—¿Qué le hace pensar que no lo hemos hecho ya? —preguntó Rafe fríamente.

Maggie no comprendía aquel mal genio.

—Sí, supongo que ya lo habrán hecho —respondió con diplomacia—. Bueno, fue una suerte ver ese cartel que indicaba Primrose y que me condujo hasta aquí. La señora Haymaker estaba a punto de ofrecerme una habitación para pasar la noche cuando apareció Amos, ¿no es así, señora Haymaker?

Maggie contuvo la respiración con la esperanza de que Louisa Haymaker se apiadara de ella. Si no encontraba una cama en menos de cinco minutos, caería desmayada sobre el sucio suelo de linóleo de la tienda. Se acercó al mostrador rápidamente y echó mano del bolso para buscar su chequera.

—¿Le parece bien que le pague cien dólares la noche, señora Haymaker?

Tan generosa oferta fue recibida con sorpresa por Louisa.

—Señor Burnside, me gustaría que le diera permiso a Amos para encenderme el fuego —añadió Maggie obstinadamente.

Rafe le lanzó una gélida mirada, pero no dijo nada, ni sí ni no. Cien dólares eran mucho dinero y todos lo sabían.

—Amos, llévala a la habitación número tres —dijo Louisa enseguida—. Creo recordar que aún quedaba leña en la chimenea.

El muchacho estaba emocionado.

—Ahora mismo.

—Gracias, Amos —dijo Maggie y, como recompensa, recibió una enorme sonrisa—. Iré con la furgoneta en cuanto pague a la señora Haymaker.

Amos agarró la llave de un tablón que había en la pared y salió por la puerta. La crisis, real o imaginaria, había pasado.

—Gracias por dejarme que me quede esta noche, señora Haymaker. Le extenderé el cheque y me marcharé porque la verdad es que estoy muy cansada.

Rafe debió de darse cuenta de que no mentía porque, aunque su gesto no cambió, optó por retirarse.

—Voy a ayudar a Amos —murmuró.

Louisa también parecía aliviada.

—Escucha, Rafe, la verdad es que es una suerte que esté aquí la señorita. Como es médica, no tendrás que llevarme a Bloomville la semana que viene a ver al pedicuro… si es tan amable de echarme un vistazo a los pies, por supuesto.

—A mí no me importa llevarte —dijo Rafe dirigiéndose hacia la puerta.

—Lo sé, Rafe, tú siempre eres muy bueno. Pero así tendrás una cosa menos que hacer.

—Estaré encantada de examinarle los pies, señora Haymaker —se apresuró a decir Maggie mientras seguía a Rafe hacia la puerta—. En cuanto yo misma pueda mantenerme en pie —incapaz de decir nada más o de seguir luchando contra el cansancio, salió de la tienda tras Rafe.

Se quedaron los dos parados en el pequeño

porche, sin demasiadas ganas de enfrentarse a la tormenta.

—Será mejor que echemos a correr antes de que estemos completamente empapados.

—¿Completamente empapados? ¿Y cómo le llama a esto?

La luz del porche apenas iluminaba el camino, pero Maggie veía a Rafe perfectamente. Estaban tan cerca que prácticamente podía sentir su respiración y la lluvia no podía calmar el calor que de pronto corría por sus venas. Allí de pie en aquella estación de servicio olvidada de la mano de Dios, Maggie cómo sus oscuros ojos la observaban. Vio cómo bajaba la vista hasta su boca y vio un interés que seguramente había surgido a su pesar. Casi pudo ver su sorpresa y su preocupación antes de que se diera media vuelta y echara a correr.

Maggie tomó aire varias veces y trató de calmar los latidos acelerados de su corazón. Cuando por fin recuperó la compostura, corrió hasta la furgoneta, la puso en marcha y puso la calefacción al máximo. Por fin pudo mover los pies y conducir hasta una hilera de casitas que apenas se veían. Afortunadamente, una de ellas tenía luz.

Sacó su maleta de la furgoneta, pero estaba demasiado débil para levantarla, así que la soltó allí mismo y fue corriendo hasta el interior de la cabaña. Aquel lugar sin duda había vivido tiempos mejores, pero Maggie tampoco esperaba encontrar ninguna maravilla. La colcha de la cama estaba vieja, los muebles manchados y lo que Amos estaba preparando en la chimenea aún no echaba nada más que humo.

—No se preocupe, enseguida estará encendido —dijo el muchacho, avergonzado.

—A lo mejor te sería más fácil con un poco de papel. Esos palos parecen un poco húmedos.

—Rafe dice que encender un fuego con la ayuda de papel es trampa.

—Tu padre tiene una opinión sobre todo —dijo Maggie.

—Sí, señora. Es el hombre más inteligente de todo Primrose. Todo el mundo lo dice.

—No lo dudo —murmuró Maggie justo antes de descubrir un radiador junto a la ventana.

Apretó un botón y sonrió al oír que se ponía en marcha. Unos segundos después, por fin empezó a sentir algo parecido al calor.

—Esto sí que es hacer trampas, Amos, puedes decirle a tu padre que te lo he dicho yo.

—Puede decírselo usted misma —dijo una voz profunda.

Al darse la vuelta, Maggie se encontró con Rafe Burnside en el umbral de la puerta, tenía en la mano la maleta que ella había abandonado junto a la furgoneta. Seguramente no supiera lo amenazante que resultaba, pero así era, no había otro modo de describir a un hombre tan grande y con una expresión tan seria.

—He encontrado su maleta en medio del barro.

Maggie lo vio entrar en la cabaña y proyectar

una sombra que hizo que por un momento no viera los muebles de plástico, el papel amarillento de la pared, ni la raída alfombra, y cuando pasó a su lado para dejar la maleta junto a ella, sintió un aroma a bosque y aire fresco. Desconcertada por el efecto que aquel hombre estaba teniendo en ella, Maggie trató de actuar con normalidad mientras buscaba algo en su bolso.

—Toma, Amos, acepta esto en pago a tu ayuda —dijo sacando su monedero—. No sé lo que habría hecho sin ti.

Rafe la paralizó con una fría mirada y unas palabras aún más frías:

—Amos no necesita su dinero, doctora Tremont. Lo que haya hecho mi hijo, ha sido por amabilidad.

Maggie reculó rápidamente.

—No pretendía ofender a nadie —dijo, avergonzada—. Sólo pensé que…

No terminó la frase porque Rafe salió de allí sin esperar a ver qué iba a decir. Amos no tardó en seguir a su padre, pero antes se volvió a mirarla con una luminosa sonrisa.

—Buenas noches, doctora Tremont.

—Gracias, Amos. Buenas noches. Ha sido un placer conocerte.

Maggie los vio subirse a la camioneta desde la puerta de la casita, donde se quedó hasta que las luces del vehículo desaparecieron entre la lluvia. Apoyada en el marco de la puerta, se tomó un momento para respirar hondo. ¿Qué demonios acababa de pasar? ¿Por qué se le había acelerado el corazón? No podía ser por un hombre que necesitaba un afeitado desesperadamente. De pronto no comprendía nada, estaba atrapada por unas emociones que le resultaban completamente nuevas. Preguntándose si tendría tan mal aspecto o si volvería a ver a aquel terrible hombre porque, aunque ella a él no le gustara, de repente ella se vio invadida por la imagen de aquel completo desconocido.

Primrose. Un pueblo olvidado en el tiempo.

Al día siguiente Maggie se despertó temprano y comprobó que el radiador y el fuego de la chimenea habían conseguido caldear el ambiente y eliminar un poco de humedad, pero afuera seguía lloviendo como si el cielo hubiera olvidado que era verano. El modo en que le goteaba la nariz y el dolor que sentía en todo el cuerpo hicieron que se diera cuenta de que no podía levantarse. La doctora que cuidaba a todo el mundo había sucumbido a las enfermedades de sus pacientes. Las continuas visitas exponiéndose a las toses y estornudos de los enfermos finalmente habían hecho mella en Maggie, que había cometido el error de olvidarse de su propia salud. Ahora se encontraba atrapada en mitad de ninguna parte, con una infección de las vías respiratorias y sin una miserable taza de té. Estaba demasiado cansada como para pensar, así que se acurrucó en la cama y cerró los ojos.

En algún momento sintió que alguien le acercaba un vaso a los labios y obedeció cuando le dijeron que bebiera. Era té endulzado con miel, un verdadero bálsamo para la garganta. Pero por mucho que le insistiera aquella voz, no pudo beber más que un par de sorbos antes de volver a caer atrapada en el sueño sin sentir siquiera la áspera mano que le apartaba el pelo de la cara. Seguramente lo había imaginado, igual que había imaginado el olor a pino que flotaba en el aire.

Lo único que consiguió despertarla aquel día fue la voz de Louisa Haymaker mientras le daba en el hombro.

—Vamos, doctora Tremont, es hora de despertarse. Es casi la una, y le he traído una taza de manzanilla y una aspirina.

Maggie abrió los ojos con verdadero esfuerzo y se encontró con el rostro de Louisa Haymaker mirándola de cerca. Vio la taza que había en la mesilla y trató de incorporarse para tomársela, pero le resultó imposible.

—Escuche, tiene que tomarse esta aspirina. Al ver que no aparecía esta mañana, me figuré que no se encontraba bien.

—No me encuentro *nada* bien —dijo Maggie con voz ronca antes de tomarse la aspirina—. Pero ¿no vino antes a verme? Me pareció que…

—¡Vaya, sí que está enferma! —exclamó Louisa Haymaker—. ¡Y eso que es médica! Bueno, ¿qué quiere que haga?

—No tiene que hacer nada —aseguró Maggie—. Sólo déjeme unos días para que me recupere. Sólo es un resfriado.

—Doctora Tremont, he visto las suficientes epidemias de gripe como para reconocerla en cuanto la veo.

La siguiente vez que abrió los ojos se despertó con el canto de los pájaros y el sol que inundaba la habitación y le calentaba la cara. No tenía fuerzas para moverse, pero sí pudo girar la cabeza y, al hacerlo, le sorprendió encontrar a Rafe Burnside observándola. Estaba sentado en una silla con las piernas estiradas.

—Ya era hora de que despertara —protestó.

Maggie estaba demasiado atontada como para decir nada, pero ahí estaba otra vez su corazón, latiendo descontroladamente. ¿Qué tenía aquel hombre que la hacía reaccionar de ese modo? Era increíble que todo su cuerpo entrara en alerta nada más verlo, incluso teniendo fiebre. Se aclaró la garganta y fingió no sentirse afectada por su presencia.

—¿Qué hora es? —le preguntó.

—Casi las doce —dijo él poniéndose en pie—. ¿Para qué quiere saber la hora? No va a poder ir a ninguna parte, ¿no cree?

—Es la fuerza de la costumbre —respondió Maggie con cierta rabia—. ¿Qué está haciendo aquí?

Rafe esbozó una tenue sonrisa. Hacía mucho tiempo que nadie se atrevía a responderle y le resultó divertido.

—Pasaba por aquí y paré a ver qué tal estaba Louisa después de la tormenta.

—¿Y qué tal está? —preguntó entre toses, olvidándose de que la había visto esa misma mañana.

—Mucho mejor que usted —respondió Rafe al tiempo que le acercaba una caja de pañuelos de papel—. La casa ha sufrido algunos daños, pero nada importante. En cuanto mejore un poco el tiempo retiraré las ramas de los árboles que se han roto y arreglaré la puerta.

—La cuida mucho. ¿Son familia?

—No, en Primrose no nos hace falta ser familia para cuidar los unos de los otros. Ya ve, Louisa le manda té caliente —añadió con mordacidad mostrándole un termo.

Maggie sentía que acababa de meter la pata y habría querido pedirle que se marchara, pero no parecía tener intención de hacerlo hasta servirle el té. A pesar de su mal humor, la ayudó a incorporarse con cuidado y amabilidad. Tenía unas manos grandes y ásperas, curtidas por el sol. Eran manos de granjero, rudas pero hermosas. Maggie se sonrojó al ver que la había descubierto mirándolo, pero no había nada en sus ojos que diera a entender que recordaba la noche anterior o que hubiera ocurrido algo entre ellos. Y quizá no hubiera ocurrido nada.

—Lo que daría por una ducha —murmuró mientras él le colocaba los almohadones.

—Es buena señal que le apetezca, pero no creo

que deba hacerlo todavía —opinó Rafe—. Quizá mañana. Por ahora confórmese con té y aspirinas.

—Le agradezco que me lo haya traído.

—Louisa me pidió que lo hiciera.

La sequedad de sus palabras la hizo sonrojarse.

—De todas maneras, gracias —dijo ella, contrariada con su mal humor—. Creo que ya puedo arreglármelas sola.

—¿De verdad? ¿Entonces puedo marcharme? ¿Ya estoy libre? —le preguntó con gesto irónico mientras le servía más té.

Pero Maggie estaba demasiado débil y la taza comenzó a temblarle en la mano, por lo que no le quedó más remedio que aceptar su ayuda. La sonrisa petulante que apareció en su rostro le resultó tan frustrante que le costó mucho controlarse. También le molestaba que oliera tan bien cuando ella se sentía tan sudorosa. Le dio rabia que al inclinarse sobre ella, su cabello negro y sedoso le hubiera tocado la cara y le hubiera dejado sentir un increíble aroma a pino. Pero lo más molesto fue que su mano le rozara los labios al darle el té, y se alegró de que el pelo ocultara el rubor que le cubrió las mejillas.

—¿Dónde está Amos? —le preguntó entre sorbo y sorbo, convencida de que lo mejor era ser educada.

—Mi hijo tiene sus propias obligaciones —dijo él en el mismo tono serio.

—Claro. Bueno, salúdelo de mi parte.

Rafe no dijo nada.

—Parece que la lluvia ha parado.

Él se limitó a asentir.

De nada servía intentar ser educada. Quizá si mostraba cierto interés por Primrose.

—¿Es usted el alcalde del pueblo o algo así? —le preguntó en tono distendido.

—Se encuentra mejor, ¿no?

—¿Qué quiere decir?

—Como ha empezado a bromear, he pensado que era porque se encontraba mejor.

—No era una broma. Pensé que…

—Ya le he dicho que Louisa insistió en que viniera a verla.

«Dios. Era imposible».

—Pero debo admitir que tenía razón. Tiene usted muy mal aspecto.

Maggie se cubrió con las sábanas tanto como pudo y deseó que aquel hombre fuera un poco más… más galante. En el fondo también deseaba tener el aspecto de Greta Garbo en la escena final de *La dama de las camelias*. No sospechaba que también ella tenía una imagen cautivadora con el cabello rojizo extendiéndose sobre la almohada y sus enormes ojos castaños que contrastaban con la piel pálida de su rostro.

—Supongo que tengo muy mala cara y por eso no se atreve a meterme en la furgoneta y ponerme camino de la autopista.

Por el modo en que la miró, debía de estar lamentándose de no haber hecho eso precisamente. El hecho de que no pudiera hacerlo le resultó extrañamente reconfortante.

—Algo así… No me gustaría tener que cargar con usted en la conciencia.

«Como si tuviera conciencia».

—Bueno, si no necesita nada más —dijo entonces, de manera repentina—. Será mejor que vuelva a casa a ver qué hace Amos.

—Si pudiera dejarme el número de algún restaurante del pueblo para pedir algo de comer…

Rafe la sorprendió con una ligera sonrisa.

—En Primrose no hay ningún restaurante.

—¿Ni siquiera uno? —preguntó con asombro.

—Ni uno.

—¿Y qué es lo que hay en el pueblo?

—La verdad es que no mucho. En realidad ni siquiera es un pueblo, doctora Tremont. Más bien es una especie de confederación.

—¿Una confederación de qué?

—De familias que cuidan las unas de las otras. Si necesitamos ayuda, recurrimos los unos a los otros y por ahora nos va bastante bien.

Capítulo 3

MAGGIE pasó los siguientes días entre la vigilia y el sueño, tomando el té y las aspirinas que Louisa le llevaba. Primero empezó comiendo bocados de tostada y el tercer día pudo tomar también un huevo cocido, ése fue el día que la fiebre empezó a bajar y sintió por fin que la gripe aflojaba las garras con las que la había atrapado. Nadie se alegró más que ella la mañana en la que pudo estirarse sin tener la sensación de que iba a estallarle la cabeza. Era el momento perfecto para darse la ducha que tanto tiempo llevaba deseando.

Al ponerse en pie comprobó que tenía más fuerza y equilibrio de lo que esperaba. Se dirigió al cuarto de baño animada por tan agradable sor-

presa y disfrutó del placer de sentir el agua caliente sobre la piel. Salió de la ducha diez minutos
después, pues no quería poner a prueba la capacidad del depósito de agua caliente. Para cuando
encontró un camisón limpio y se secó el pelo, estaba completamente exhausta. Volvió a meterse
en la cama y se quedó inmediatamente dormida.
Una hora más tarde, se dio la vuelta y, al abrir los
ojos, se encontró con Rafe de pie en mitad de la
habitación con una cacerola en las manos.

—¿Siempre entra sin llamar? —le preguntó
Maggie frotándose los ojos.

—He llamado, pero no lo ha oído, y esta cacerola está caliente. ¿Usted siempre se despierta de
tan mal humor?

Después de dejar la cacerola sobre la mesa,
Rafe sacó varias cosas de una caja que también
había llevado, entre ellas, una bolsa llena de manzanas rojas.

—Son de mi granja, tengo un manzanar.

—¿Cultiva manzanos? Son preciosas —dijo
con admiración.

—Están recién recogidas. Puede que estén un
poco ácidas porque aún es un poco pronto para las
manzanas.

—Me gustan las manzanas ácidas. Y le agradezco mucho que me las haya traído. De verdad.

Rafe se dio la vuelta, pero Maggie sabía que
estaba satisfecho con su reacción.

—Parece que está ya en proceso de recuperación —dijo él unos segundos después—. Por lo

que indican esas toallas mojadas que hay en el baño.

Maggie no dijo nada, pero le sorprendió que se hubiera fijado. El modo en que la miraba le recordó que sólo llevaba puesto un finísimo camisón.

—Me siento como si acabara de librar un largo combate contra Mohamed Ali —dijo riéndose mientras se arropaba bien—, pero desde luego estoy mucho mejor. No haga caso a la montaña de pañuelos —le advirtió al ver que estaba mirando la papelera repleta que había junto a la cama—. Ya casi no estornudo, y si el hambre es signo de recuperación… Sea lo que sea eso que ha traído, amable caballero, acérquemelo porque tengo mucho apetito.

—Sólo es un caldo escocés. Es la cena de ayer, pero pensé que le sentaría bien.

—¿La cena de ayer? No voy a quejarme. ¿Qué es un caldo escocés? —preguntó mientras sumergía la cuchara en el cuenco—. Voy a comerlo sea lo que sea porque huele delicioso.

Rafe enarcó sus gruesas cejas.

—¿Entonces le gusta la sopa de tortuga?

Maggie detuvo la cuchara a mitad de camino y, al verlo, Rafe sonrió con malicia.

—Ha dicho que se lo comería fuera lo que fuera.

—Sí, bueno… pero…

—¡Por el amor de Dios! Un caldo escocés es una sopa de cordero y cebada.

—¡Ya lo sabía! —exclamó y, haciendo caso omiso a la mirada de escepticismo de Rafe, se tomó la primera cucharada—. Está riquísimo.

—Se lo diré a Amos. La idea de traérselo fue suya.

—Pero lo cocinó usted, ¿no?

Rafe se acercó a la ventana sin responder. Maggie estaba empezando a darse cuenta de que Rafe Burnside no solía molestarse en contestar a lo que le parecía obvio. Siguió comiendo mientras lo observaba de espaldas, pero no comió tanto como había creído; parecía que su estómago no estaba preparado para aceptar más que unas cuantas cucharadas. Finalmente dejó el cuenco sobre la mesilla y se recostó sobre los almohadones con un suspiro.

—Hace mucho sol… sería estupendo poder sentarme afuera un rato. Sólo unos minutos —añadió enseguida al ver que él fruncía el ceño.

—Supongo que sí —dijo él—. Si consiguió llegar hasta la ducha… Es usted médica, así que supongo que sabrá qué es lo que le conviene.

A Maggie no se le pasó por alto el tono irónico de sus palabras, pero no le dijo nada, sólo asintió cuando le dijo que la esperaba fuera. Unos minutos después se reunió con él después de ponerse unos pantalones vaqueros y un suéter de lana azul. Se sentó en una silla de mimbre, cerró los ojos y suspiró alegremente.

—Qué maravilla. Justo lo que me ha recomendado el médico. El sol es la mejor medicina.

Prácticamente podía sentirlo frunciendo el ceño.

—¿De verdad es usted médica?

—De verdad —prometió ella—. No sé por qué todo el mundo me pregunta eso.

—Puede que sea porque parece muy joven —dijo él mirándole las uñas de los pies pintadas de rojo que asomaban por sus sandalias.

Maggie se ruborizó. No estaba acostumbrada a recibir cumplidos sobre su aspecto y nunca sabía muy bien cómo reaccionar. Aunque en realidad ni siquiera estaba segura de que aquello hubiera sido un cumplido. Lo había dicho con cierto tono de aprobación, pero también había percibido una ligera brusquedad en su voz.

Maggie contaba con la aprobación de Rafe aunque ella no lo supiese. Con aquellas pecas que salpicaban su pálido cutis, la sonrisa que curvaba sus labios rosas y la barbilla bien alta, estaba increíblemente atractiva, sin sospecharlo siquiera. Ella siempre había menospreciado su cabello rizado, pero viendo los reflejos dorados que el sol proyectaba en él, Rafe pensó que era... precioso, igual que ella. Pero eso no tenía la menor importancia. No era más que un pensamiento.

—¿Dónde está Amos? —le preguntó ella.

—Ocupado.

—Sí, claro, sus tareas. ¿Pero hoy no es domingo?

—Las vacas no distinguen los días de la semana —replicó Rafe—. Ni las vacaciones, ni nada de eso. Sólo saben que necesitan que las ordeñen.

—¿Y cuándo tiene tiempo para jugar?

—Cuando termina sus tareas. Es bueno que los niños tengan responsabilidades. Son sólo dos vacas, y cuando termine se irá a montar en canoa con sus amigos.

—¿Y usted no va? —preguntó Maggie sonriendo.

—No, desde hace años —respondió él con mirada indescifrable.

—¿Quiere decir que le ha quitado tiempo a sus obligaciones para traerme el caldo?

—No se preocupe. Terminaré de hacerlas en cuanto me vaya de aquí. ¿Y usted? Ahora que ya está mejor, ¿no tiene que trabajar o volver a alguna parte?

—¿Intenta librarse de mí, señor Burnside? —dijo riéndose—. Tenga cuidado, no vaya a herir mis sentimientos.

—Se suponía que tendría que haber venido en abril, así que pensé que…

—Señor Burnside, está confundiendo los hechos. Si se refiere a la furgoneta del servicio médico, no era yo la que se suponía que debería haber venido en abril, ni aquí ni a ningún otro lugar cerca de aquí —siguió hablando con evidente exasperación—. Ya se lo expliqué a Louisa, pero le prometo que mañana a primera hora llamaré a la oficina y averiguaré qué pasó exactamente con esa furgoneta.

—Todo el mundo tiene derecho a recibir asistencia médica —insistió Rafe—. Pagamos los impuestos como cualquier habitante de Bloomville... donde, por cierto, acaban de abrir un hospital modernísimo. Nosotros al menos tenemos derecho a exigir que la furgoneta aparezca cuando se supone que tiene que hacerlo. No estamos en un sitio en el que uno pueda subirse al autobús e ir a ver al médico. Aquí no hay ningún médico. Un pueblo como Primrose... —Rafe titubeó unos instantes antes de continuar— tiene necesidades especiales, y yo lo que quiero es que esas necesidades se vean cubiertas. No estamos pidiendo un hospital, ni siquiera una clínica porque eso ocasiona complicaciones.

—¿Complicaciones?

—Sí, la burocracia... vendría gente a hacernos muchas preguntas y tendríamos que rellenar formularios hasta para que nos quitaran una astilla... ese tipo de cosas. Pero no estaría mal que el servicio médico móvil pasara por aquí de vez en cuando. Si pasa algo más grave, vamos a Bloomville.

Maggie no sabía qué decir ante tan apasionado discurso.

—Señor Burnside, cuando llame al departamento, les pediré que me ajusten el horario y me dejen quedarme aquí a atender a quien lo necesite.

—Si son justos, lo harán —aseguró Rafe.

—Yo sólo puedo prometerle que lo intentaré —le avisó ella.

—No se preocupe —dijo al tiempo que se ponía en pie—. Bueno, como veo que ya puede moverse, no creo que vaya a necesitarme más. Louisa me ha pedido que le diga que ella le dará de comer hasta que se marche. Uno o dos días más y estará como nueva.

—Muchas gracias —murmuró—. Eso es lo que quiero, sentirme como nueva.

«Casi», pensó Maggie al ver con verdadero asombro que Rafe casi había sonreído. Pero no había llegado a hacerlo. Era imposible. No conocía a Rafe Burnside desde hacía mucho tiempo, pero intuía que la risa era algo que le resultaba completamente ajeno. Mientras lo veía alejarse hacia una camioneta roja cubierta de barro, moviéndose con soltura con aquellas enormes botas y el sombrero ocultándole el rostro, Maggie pensó que era un hombre solitario. Sin duda pasaba horas y horas solo, limpiando la tierra, sembrando, trillando, ordeñando las vacas, limpiando el granero... ¿Qué pensaría hora tras hora y día tras día? ¿Cuántas veces habría conquistado el mundo en su imaginación? Quizá sólo pensara en el precio del grano y en que su hijo necesitaba unas botas nuevas para el invierno. Quizá no tuviera imaginación y simplemente dejaba la mente en blanco y sus pensamientos volaban arrastrados por el viento. Día tras día, estación tras estación. Maggie se preguntó si ella podría hacerlo y por qué lo hacía él.

Bajo el suave sol de la tarde, Maggie tuvo un extraño sueño en el que aparecía un hombre alto y de piel curtida por el sol, y un inmenso campo cubierto de tréboles verdes que le hacían cosquillas en los pies descalzos. Casi sintió rabia cuando Louisa la despertó dándole palmaditas en el hombro.

—Despierte, señorita Tremont. He pensado que quizá le apeteciera cenar conmigo. No es nada especial, pero supuse que no rechazaría una comida caliente.

Sólo con oír tal invitación, Maggie sintió que empezaba a rugirle el estómago.

—Tiene razón. Rafe Burnside me dijo que usted se había ofrecido a darme de comer.

—¿Rafe ha estado aquí? —preguntó Louisa, aparentemente sorprendida.

—Sí, esta misma tarde.

—Es extraño. No lo esperaba.

—Me trajo un poco de caldo escocés.

—Qué interesante —murmuró Louisa.

—La verdad es que estaba delicioso, pero no pude comer mucho. Parecía que mi estómago aún no estaba preparado.

Maggie siguió los pesados pasos de Louisa, que se movía con la ayuda de su bastón, y no pudo evitar preguntarse si no sería peligroso para una mujer tan mayor vivir allí sola. Pero no quiso indagar, pues ya le había ocasionado suficientes molestias.

La casa de Louisa resultó ser un pequeño apartamento situado sobre la tienda de la estación de servicio. Nada más subir la escalera, Maggie se encontró en un salón lleno de toda una vida de memorias y recuerdos.

—Qué bonito —dijo Maggie observando las antiguas fotografías que colgaban de las paredes.

—Sería mucho más bonito si tuviera alguien que me ayudara a limpiar —dijo la mujer riéndose mientras colocaba sobre la mesa una jarra de té con hielo.

La mesa estaba ya preparada para dos comensales, lo que confirmaba que Louisa había tenido la total certeza de que Maggie no rechazaría la invitación.

Los vasos eran viejos frascos de mermelada y los cubiertos hacía ya mucho tiempo que habían perdido el brillo, pero el mantel era de un blanco inmaculado y la comida, fuera lo que fuera, olía de maravilla.

—Estofado de ternera —anunció Louisa al dejar la cacerola sobre la mesa.

Maggie estaba entusiasmada.

—Huele de maravilla. Hacía siglos que no tenía oportunidad de comer un guiso casero, y hoy he tenido la suerte de disfrutarla dos veces. Pero tengo que advertirle que mi estómago aún no está completamente recuperado.

—Coma lo que le apetezca. No me ofenderé.

—Entonces empezaré con un trozo de ese pan; tiene una pinta estupenda —dijo Maggie echando mano de una rebanada—. En Boston la mayoría de los días como fuera de casa porque paso mucho tiempo en el hospital —explicó al ver el gesto de curiosidad de Louisa—. El Boston Mercy Hospital, ahí es donde trabajo. Aunque también tengo una pequeña consulta privada.

—No para. ¿No tiene familia?

—No —confirmó Maggie.

—Parece una vida muy solitaria —observó Louisa.

Maggie se sobresaltó al oír aquello. A veces lo era, pero… ¿cómo lo había adivinado Louisa? Se concentró en extender la mantequilla sobre el pan. Era cierto. Aunque nunca lo había expresado con tantas palabras, hacía ya muchos meses que se sentía insatisfecha y era principalmente porque se sentía sola. Había empezado a manifestarse cuando había dejado que la convencieran para ir a escalar, a pesar de que sabía perfectamente que no le gustaba andar por la montaña. Esa soledad había sido también el motivo por el que había empezado a ir al gimnasio, preguntándose si lo que le ocurría era que necesitaba hacer más ejercicio, y por lo se había unido a un club literario, pensando que quizá necesitaba estimulación intelectual. Sabía que necesitaba algo, pero no sabía exactamente qué; lo único que sabía era que durante el último año había sentido una extraña inquietud.

—¿Este pan es casero? —preguntó, tratando de huir de sus propios pensamientos.

—Sí —respondió Louisa, sin sospechar hasta qué punto había dado en el clavo—. Mi madre me enseñó a hacerlo, y ya no recuerdo cuánto tiempo llevo haciéndolo.

—Pues la enseñó muy bien porque está buení-simo —opinó Maggie—. ¿Nació usted aquí, en Primrose?

—Como la mayoría de los que vivimos por aquí.

—¿Rafe y Amos también?

Louisa asintió.

—¿Y la madre de Amos?

—Ésa —farfulló Louisa con gesto sombrío—. Rose Burnside se marchó hace mucho, poco des-pués de que naciera Amos, hace siete años. Dio de mamar al pequeño unos pocos meses y luego desapareció.

—¿Dejando aquí al bebé? —Maggie no daba crédito a lo que oía—. ¿Dónde se fue?

Louisa se encogió de hombros.

—Nadie lo sabe.

—¿Ni siquiera Rafe?

—Si lo sabe, no se lo ha dicho a nadie. Haces muchas preguntas... —protestó chasqueando la lengua.

—Vamos, Louisa —replicó Maggie—. Apa-rezco en un pueblo que no tiene visitas desde hace meses, comprende que sienta curiosidad.

—Lo comprendo, pero a Rafe no le gustaría nada saber que estamos hablando de él. No es que haya mucho que contar. Un día llegó del campo y, en lugar de la cena, se encontró con una nota. Rose había desaparecido llevándose todos los ahorros de Rafe. Un año después recibió un sobre de un importante despacho de abogados. Eran los papeles del divorcio. No ha vuelto a saber nada más de Rose.

—Qué horror.

—Lo que es un horror es que una madre abandone a su hijo.

—Desde luego —asintió Maggie—. Pero…

—Pero nada, querida. Si quieres que te sea sincera, había ciertas señales de que podía ocurrir lo que ocurrió, pero Rafe no quiso verlas. Rafe estaba loco de amor. Rose no era como las demás; era muy hermosa, como una estrella de cine, y ella lo sabía. Siempre esperaba ansiosa que el cartero le trajera las revistas de cine que encargaba y se pasaba el día leyéndolas y copiando los peinados y el maquillaje de las estrellas. Eso era todo lo que hacía. No es que sea malo estar siempre peinada y maquillada —dijo Louisa riéndose—, pero resultaba un poco sospechoso. Y hay otra cosa, pero claro, es sólo mi opinión —continuó hablando en voz más baja, aunque no había nadie más allí que pudiera oírla—. Yo creo que se casó con Rafe por su dinero. Puedes decir lo que quieras, hija, pero el dinero es un factor muy importante para aquéllos que no lo tienen. La familia de Rose era muy pobre, y Rafe acababa de terminar de construirse una casa preciosa. En aquella época él era muy guapo. Un hombre alto y fuerte… como mi Jack.

Louisa suspiró, pero enseguida dejó a un lado el pasado.

—El caso es que diez meses después de casarse, dio a luz a Amos y poco más tarde desapareció. Supongo que no le gustó aquella casa de madera en mitad del campo.

Pobre Rafe. Pobre Rose. Casados tan jóvenes y con un hijo…

Rafe… Rose… Amos… Tres vidas destrozadas. Ésas eran las cosas de los pueblos que no aparecían en los mapas.

—Bueno, Louisa, ¿qué te parece? —las palabras salieron de su boca antes de que tuviera tiempo de frenarlas.

Habían pasado varios días, y Maggie estaba fregando los platos del desayuno en la cocina de Louisa; siempre trataba de quitarle trabajo de encima.

Después de haber llamado a sus jefes, Maggie estaba a la espera de que le dijeran si podía quedarse a atender las necesidades médicas del pueblo. Pero al margen de eso, había decidido pasar unos días más en Primrose. Para recuperarse, le había dicho a Louisa. Para recuperar horas de sueño y para terminar de leer la novela que había dejado abandonada en algún rincón de la furgoneta. Pero seguramente también habían influido en la decisión los largos paseos que había estado dando por el campo. O el placer de desayunar al primer sol de la mañana. Lo cierto era que de pronto, y sin saber muy bien cómo explicarlo, no tenía la menor prisa de volver a Boston.

Así pues, observó a Louisa moviéndose por la cocina y trató de adivinar la respuesta en sus hombros encorvados. Maggie tenía la sensación de que la anciana se sentiría atraída por la idea de poder hacer de madre con ella y además tener un poco de compañía.

—Supongo que estaría bien —comenzó a decir por fin muy despacio.

Maggie había llegado a conocer un poco a Louisa, y sabía que debía esperar, darle tiempo a que encontrara las palabras. Adivinó cierta timidez en su voz.

—Además, ¿para qué quiero un motel si no tengo huéspedes?

Buena pregunta. Maggie se la había hecho a sí misma varias veces.

—Y una huésped de pago además —continuó diciendo Louisa—. Porque he tenido otros que se han escabullido sin pagar en mitad de la noche —explicó—. Pero sé que tú no eres de ésos.

Maggie negó con la cabeza.

—No, no lo soy —prometió Maggie dando el tema por zanjado.

Dos días más de descanso y Maggie volvió a ser la misma de siempre. La nariz aún la traicionaba de vez en cuando y la tos tardaría algún tiempo en desaparecer del todo, pero había recuperado toda su energía.

Y tenía buenas noticias que dar a los habitantes de Primrose. El servicio médico había accedido a que se quedara allí algunas semanas para atender a todos aquéllos que lo necesitaran y a los que habían fallado la primavera anterior.

—Mis jefes se sienten muy avergonzados y se alegran de poder subsanar el error.

—Yo también me alegro de que lo hagan —dijo Louisa—. Y de que seas tú la que va a atendernos.

—Y yo me alegro de que te alegres —respondió Maggie riéndose mientras servía la infusión de manzanilla que acababa de preparar en la cocina de Louisa, donde ya se sentía completamente libre gracias a la confianza que le había dado la propietaria.

—Escucha, Maggie, soy muy mayor ya. He vivido en este pueblo toda mi vida, y lo único que quiero es saber que Primrose seguirá existiendo cuando yo me vaya. ¿Está mal eso?

—Claro que no —aseguró Maggie—. Pero no tienes por qué preocuparte. El que se saltaran Primrose en la rotación de primavera fue sólo una cuestión de mala suerte.

—Es más que eso. Estamos demasiado aislados —resumió Louisa—. Siempre ha sido así y tiene sus ventajas, pero también sus inconvenientes. El principal es que Primrose está en declive. Así de sencillo. El pueblo se está hundiendo en la pobreza. Quizá en otro tiempo era suficiente vivir de la agricultura solamente, pero ya no. El pueblo se muere.

Según le dijo Louisa, aquel año habían nacido muy pocos niños en el pueblo y aún no habían podido ser vacunados. Aunque mucha gente acudía al pueblo cuando llegaba el servicio médico, había otros muchos que no lo hacían. Debía de haber al menos cuatro o cinco bebés en la montaña que necesitaban vacunas y a los que no sería fácil encontrar. Pero no era una cuestión de bebés y vacunas nada más; todos necesitaban mejores servicios sanitarios y sus piernas eran el mejor ejemplo.

Pero había muchos otros problemas.

La única maestra de la escuela llegaba tarde a menudo. Quizá fuera simplemente porque se estaba haciendo vieja; al fin y al cabo, al mes siguiente cumpliría setenta y un años.

La carretera principal necesitaba un asfaltado nuevo, por lo que aunque Maggie estuviese dispuesta a quedarse a ayudar, le resultaría difícil moverse por la zona.

—Tenemos que hacer algo, arreglar las cosas y hacer planes para la próxima generación. He pensado que quizá, mientras pasas consulta, podrías hacer una especie de encuesta para tener una idea de lo que piensa la gente.

—Pero Louisa, ¿por qué iban a decírmelo a mí? La gente del pueblo no me conoce y no confiarán en mí después de lo que pasó en abril.

Louisa la miró en silencio unos segundos.

—Tienes razón —pero entonces se le iluminó la cara de pronto—. ¡Pero seguro que sí que hablarán con Rafe Burnside! ¡En él sí confiarán!

—Pero tendrías que convencerlo para que me ayudara a pasar consulta y, por lo que sé de él, no creo que disponga de tiempo libre.

—Olvídate de eso. Si yo se lo pido, seguro que lo hará. Además, sólo serán unos días. Todo el mundo le respeta mucho. Por otra parte, habrá mucha gente que no sepa que estás aquí, así que tendrás que pasarte por las granjas para informar a todo el mundo, y Rafe podría ayudarte. Está decidido; conseguir que Rafe te ayude es el primer paso.

Rafe se recostó sobre el respaldo de la silla y cerró los ojos.

—Louisa está dándose cuenta de la edad que tiene.

Decidida a convencerlo, Maggie lo había acorralado al día siguiente, cuando había pasado por la estación de servicio a echar gasolina. Había conseguido que se quedara ofreciéndole un vaso de la limonada casera de Louisa.

—Toma un poco más. Louisa me ha dejado una jarra entera. Dice que es curativa —dijo Maggie riéndose mientras le servía un poco más de limonada, sentada al sol junto a su cabaña—. Lo cierto es que es tan ácida que seguro que mata cualquier germen, pero seguro que también mata los glóbulos blancos de la sangre —añadió con una carcajada.

Maggie se maravilló ante su propio desparpajo. Llevaba días sin ver a Rafe y ni siquiera lo conocía demasiado bien, pero la presencia de aquel hombre tenía un extraño poder sobre ella. No pudo evitar observarlo mientras se bebía el vaso de limonada en dos largos tragos; vio cómo se le movía la nuez… bajo el sol, su rostro de granito parecía algo más suave. De pronto se preguntó a qué hora empezaría su jornada laboral cada mañana, y lamentó ir a ocasionarle problemas, porque era evidente que Rafe no querría escuchar lo que estaba a punto de decirle.

—Rafe, ayer en el desayuno, Louisa me contó algunas de las cosas que están pasando en Primrose.

Rafe le devolvió el vaso con un gesto algo burlón.

—A veces es más fácil hablar con un desconocido —explicó ella—. Está muy preocupada por los problemas del pueblo y cree que hay que hacer algo.

Rafe se bajó el sombrero hasta casi taparse los ojos. Otro ángel que llegaba a la tierra dispuesto a hacer el bien, pensó con respecto a Maggie, y sintió una profunda rabia a pesar de que admitía sentir cierta atracción hacia ella. Era guapa sí, mucho más que el resto, pero lo único que quería era sentirse bien consigo misma y luego se marcharía. Los trabajadores del gobierno siempre tenían problemas para quedarse en los sitios. Aunque eso era algo que le pasaba a más gente, recordó con tristeza. ¿Por qué entonces habría de molestarse en ayudarla? Unas simples uñas pintadas de rojo no tenían tanto poder. Claro que si lo que quería era un poco de acción. Rafe se rió por dentro al pensar aquello, se rió de sí mismo. «Granjero viejo y feo, mírate al espejo. ¿Qué podría querer de ti una mujer así?». Así pues, suspiró por lo que podría haber sido y se olvidó de los bellos pies de Maggie.

—Como ya te he dicho, lo que le ocurre a Louisa es que se siente mayor. Ya tuve esta conversación con ella cuando me llamó anoche y le dije que no tenía tiempo. De todos modos, se preocupa demasiado.

Pero Maggie no se iba a rendir tan fácilmente.

—Escucha, vaquero, no es justo que despaches a Louisa de esa manera. Por lo que me ha contado, tiene razones fundadas para preocuparse por lo que está ocurriendo en Primrose. Ah, para que lo sepas, yo también he recibido una llamada, pero la mía ha sido esta mañana. El servicio médico deja que me quede un tiempo para atender a los habitantes del pueblo.

—Una oferta muy generosa teniendo en cuenta que eres médica.

—Para tu información, ¡no soy yo la que organiza el programa de consultas! —replicó, airada—. Además, somos muy pocos para atender a seis estados. Como digo, me quedaré una o dos semanas para ayudar un poco, pero no voy a permitir que se me siga culpando de todo. Louisa está preocupada por la supervivencia del pueblo y tiene una larga lista de la compra: carreteras, una escuela nueva y un maestro para poder ponerla en marcha. Pero de lo que más habló fue de que el pueblo está al borde de la ruina; eso le preocupa mucho y quiere encontrar la manera de aumentar los ingresos. Aunque ya tiene algunas ideas.

—¿Cuánto tiempo llevas aquí? —le preguntó Rafe levantándose el sombrero para poder mirarla bien—. ¿Tres días?

—Ya lo sé —admitió Maggie, ruborizada—. Sé que parezco una sabihonda, pero supongo que me utilizó como tabla de salvación. En cualquier caso, creo que tiene motivos para estar preocupada. Nada dura para siempre. Las cosas cambian… y la gente y también los pueblos.

—Sí, la gente va y viene.

Maggie torció el gesto al oír la amargura que empapaba su voz y al darse cuenta del mensaje que había implícito en sus palabras. No le culpaba por no confiar en ella, al fin y al cabo no era más que una completa desconocida que se estaba entrometiendo en su vida, pero por otra parte, Louisa la había elegido, y no se iba a dejar intimidar.

—Escucha, Rafe, ¿por qué no intentamos simplificar las cosas? Louisa cree que el año pasado nacieron unos seis niños que aún no han sido vacunados. Ella sabe quiénes son, pero dice que necesito que alguien me lleve a sus casas porque habrá mucha gente que no sepa que estoy aquí y que tardaría un siglo encontrarlas.

—¿Te gustan los niños? —en realidad era una afirmación más que una pregunta.

—Sí, me gustan mucho —admitió.

—¿Pero no tienes hijos? ¿No ha aparecido tu príncipe azul?

—¿Mi príncipe azul? ¿Hablas en serio? ¿De verdad existe?

—Supongo que tanto como Cenicienta.

Maggie se echó a reír.

—No, la respuesta es no. Nunca me he casado y desde luego no tengo oportunidad de ir a muchos bailes.

—Yo tampoco recuerdo el último al que fui.

—De todos modos no habría servido de nada —siguió diciendo Maggie—. No puedo tener hijos por culpa de una infección que tuve hace mucho tiempo.

—Ah —Rafe frunció el ceño—. Es una lástima.

—Son cosas que pasan —Maggie se encogió de hombros y perdió la mirada en el vacío sólo un segundo—. Fue hace muchos años, y ya lo tengo asumido. Aunque sí que me habría gustado ir a algún baile. Pero la vida es como es.

—Es cierto —asintió Rafe.

Siguieron allí sentados un rato más hasta que Rafe se levantó para marcharse.

—¿Qué dices entonces de lo de ayudarme a que la gente me conozca?

—Sabes que tengo una granja de la que debo encargarme, ¿verdad?

—Pero si lo hiciéramos ahora, antes de la cosecha…

Rafe sonrió.

—¿Qué sabes tú de la cosecha?

—Sé que no es en julio —Maggie sonrió también sin dejarse provocar.

—¿De verdad? ¿Y no has oído alguna ver que hay otros quehaceres previos a la cosecha, pequeña?

«¿Pequeña?». Maggie se ruborizó al oír aquel apelativo tan machista. Sabía que a Rafe le daría igual lo que le dijera al respecto, así que decidió no protestar. Además, por algún extraño motivo, en aquel momento se sintió tremendamente satisfecha.

—Muy bien, señor Burnside, hay muchas cosas que no sé sobre el trabajo que da una granja, pero no soy tan ignorante como crees. Nací y crecí en un pueblo casi tan pequeño como éste.

—¿Y por eso crees que sabes algo?

—Un poco, al menos —dijo Maggie con una sonrisa—. Mira, Rafe, ¿qué te parece si hacemos un trato? Tú me ayudas a vacunar a todo el que lo necesite, y yo te ayudaré en la granja. Sé que aún es pronto para recoger las manzanas, pero quizá podría cortar el césped, o la hierba o el heno o lo que sea.

Rafe le miró las manos.

—Esas uñas tan monas sufrirán mucho.

Maggie extendió las manos y se las miró.

—¿Tú crees?

—No lo creo, lo sé.

—¿Y si mi pongo guantes?

—Será *un poco* mejor.

Maggie se encogió de hombros. Correría el riesgo.

Capítulo 4

DESPUÉS de una pequeña conversación en la que Louisa y Rafe trataron de decidir cuáles eran las familias que Maggie debía visitar, Maggie y Rafe quedaron en encontrarse a la mañana siguiente. Rafe pensó que no tardarían más de un par de días en hacerlo todo e insistió en que fueran en su camioneta porque la de Maggie no resistiría aquellas carreteras rurales.

—Siempre las aguanta perfectamente —replicó Maggie.

Pero Rafe no estaba dispuesto a ceder.

—No pienso ponerme a cambiar una rueda en mitad de un camino sólo porque tú seas una testaruda.

—¿Qué?

Maggie lo miró echando humo, pero Rafe ya estaba saliendo por la puerta.

Así pues, pasaron gran parte de la mañana siguiente organizando el material de Maggie y pasando todo lo necesario a la camioneta de Rafe. En todo ese tiempo, Amos esperó sentado en el asiento trasero del vehículo con una enorme sonrisa en los labios, pues había conseguido que su padre le dejara participar en aquella aventura. De hecho se había levantado inusualmente temprano, «cuando aún estaba oscuro», según le había contado él mismo a Maggie, para hacer sus tareas antes de marcharse. Lo cierto era que Maggie se alegraba de que estuviera allí el muchacho.

A juzgar por la expresión de Rafe, no compartía el entusiasmo de su hijo. Incluso había protestado por la cesta de comida que les había preparado Louisa. Maggie no alcanzaba a comprender por qué habría de rechazar tal muestra de amabilidad. ¿Qué podía tener en contra de comer, sobre todo teniendo un hijo al que alimentar? Rafe se puso al volante con gesto contrariado, pero Maggie no se dejó afectar y, al subir a la camioneta, le guiñó un ojo a Amos.

En realidad Rafe no estaba enfadado, más bien al contrario, lo que ocurría era que Maggie no lo conocía, ni sabía interpretar sus gestos. Lo cierto era que habría sido un tonto si no se hubiera considerado afortunado de estar atado, de manera metafórica, claro, a una mujer tan interesante como Maggie. Su energía, su sonrisa y su amabilidad tenían a Rafe como embrujado, algo que jamás admitiría, por supuesto. Por eso era por lo que en su rostro había un gesto tan sombrío y fingía no escuchar las divertidas anécdotas que ella contaba o participar del ambiente festivo que crearon Amos y Maggie camino de la montaña.

Sin apartar la mirada de la carretera y escuchando cada palabra que ella decía, Rafe sintió que la cadena que siempre le apretaba el corazón se iba aflojando con cada kilómetro que recorrían.

Era lógico, pues en los últimos siete años, nunca se había permitido la libertad de disfrutar de la compañía de una mujer. Primrose era tan pequeño que, si hubiera mirado siquiera a alguna mujer, el pueblo entero se habría preparado enseguida a enviar las invitaciones de boda. Pero aquella misión que tenía que cumplir con Maggie era la oportunidad perfecta; podría pasar tiempo con una mujer a la que encontraba muy atractiva sin tener que declarar intención alguna. De hecho, si alguien le hubiera preguntado, habría respondido que no tenía ninguna intención con Maggie. Sólo quería disfrutar de su compañía y del placer de oír una risa de mujer.

Maggie odiaba admitirlo, pero Rafe tenía razón. Las Montañas Blancas eran muy escarpadas, y las carreteras, muy duras para cualquier vehículo que no estuviera acostumbrado a semejante terreno. Lo que era indiscutible era la belleza del paisaje; New Hampshire era precioso. El bosque era una colorida combinación de pinos, robles y arces cuyo aroma a madera era una delicia para una mujer acostumbrada al olor del asfalto. Maggie estaba sencillamente encantada con los frondosos árboles y el relajante sonido del canto de los pájaros en aquella mañana de julio.

Y Rafe, conduciendo por aquellos caminos que sin duda había recorrido un millón de veces, con el cabello negro flotando al aire, bueno, él también le parecía muy hermoso. Incluso el modo en que fruncía el ceño le resultaba atractivo. Al margen de sus preocupaciones, Maggie se alegraba de que él estuviera allí y agradecía que se hubiera ofrecido a conducir.

Bueno, en realidad no se había ofrecido precisamente, matizó Maggie sonriendo por dentro. La verdad era que ni siquiera ahora tenía muy claro por qué habría accedido a acompañarla. Pero de todos modos se lo agradecía.

La primera parada fue en la granja Congreve. Los Congreve eran una familia de nueve miembros... Frank y Fannie y sus cinco hijos. Todos ellos vivían en una casa de madera de línea irregular, seguramente porque le habían ido añadiendo espacios a medida que crecía el número de habitantes. Cuando llegaron, dos niños jugaban en un tractor que estaba aparcado y que fingían conducir, otro les suplicaba desde abajo que le dejaran participar en el juego. Dos pequeños gemelos los observaban desde un parque que había en el porche.

De niños, Rafe y Frank habían pasado más de

una tarde jugando, pescando o robando fruta de los árboles de los vecinos. Amos hacía lo mismo ahora con los hijos de Frank, excepto en lo de robar fruta, claro. Ahora que tenía un manzanar, Rafe veía las cosas desde otra perspectiva. Y Amos estaba de acuerdo con él, pensó mirando a su hijo. Aunque, por el modo en que sonreía el muchacho, Maggie no estaba muy segura de que fuera así.

Nada más ver la camioneta de Rafe, los niños acudieron a recibirlos y, al ver que Rafe les daba una bolsita, Maggie comprendió por qué se habían puesto tan contentos al verlo. Ella también debería haberles llevado caramelos. La próxima vez no se le olvidaría.

—¿Vuestra madre está por aquí? —les preguntó Rafe después de saludarlos.

—Sí, señor, está dentro, cocinando.

—Muy bien. Chicos, he traído a alguien para que conozca a vuestra familia. Ésta es Maggie Tremont, la doctora Maggie Tremont. Maggie, éstos son los hijos de los Congreve.

Los muchachos la saludaron educadamente.

—¡Rafe! —exclamó Fannie Congreve al salir al porche—. Me pareció oír algo. Me alegro mucho de verte —le dijo dándole un abrazo.

—Lo mismo digo, Fannie —respondió Rafe abrazándola también.

Maggie observó a Fannie Congreve mientras ella saludaba a Amos. Era una mujer delgada, pero con una enorme sonrisa y unos ojos que brillaban de alegría.

—Hola, soy Maggie Tremont —dijo al ver que ella la miraba esperando a que Rafe hiciera las presentaciones.

—Fannie Congreve —respondió ella—. Encantada de conocerte... pero parece que no tanto como Maurice.

Maggie se echó a reír al ver que el bebé que Rafe había agarrado del parque se estiraba para llegar a ella.

—Nunca le había visto querer irse con alguien que no conoce —admitió Fannie con una sonrisa—. ¿Será una señal? ¿Tú qué crees, Rafe?

Después de dejarle el pequeño a Maggie, Rafe se encogió de hombros.

—Yo no creo en esas cosas, ya lo sabes.

—Rafe siempre se mete conmigo —le explicó Fannie a Maggie—. Yo creo en la astrología y leo mi horóscopo todos los días. Y me parece que el comportamiento de Maurice significa algo. Los niños son muy sensibles.

Rafe no tardó en quitarle importancia al gesto del pequeño.

—Sí, pero no son mágicos, Fannie. Maggie es médica, pertenece a la Clínica Móvil de Nueva Inglaterra que lleva la furgoneta que nos saltó en primavera.

—Eso no es del todo correcto —intervino Maggie lanzándole una dura mirada a Rafe—. Sí que pertenezco a la clínica móvil, pero no soy del equipo al que le correspondía venir a Primrose. El caso es que el servicio me ha pedido que atienda a la gente de aquí. Supongo que hay otros pueblos a los que no fueron en su momento; han prometido informarme lo antes posible. En realidad Rafe ha tenido la amabilidad de ser mi médico durante varios días. Llegué a Primrose con un tremendo resfriado, y Louisa Haymaker y él me han ayudado a recuperarme. Louisa me ha alquilado una de sus cabañas, y Rafe se ofreció a acompañarme en estas visitas ahora que ya me encuentro bien, para poder atender al mayor número posible de personas.

La sorpresa de Fannie era evidente.

—Más bien fue ella la que insistió —corrigió Rafe—. Bueno, ahora que ya os he presentados será mejor que os deje solas. Chicos, ¿me decís dónde está trabajando vuestro padre?

—¡Rafe!

—Vamos, Fannie. Seguro que empezáis a hablar de cosas de mujeres y yo acabo volviéndome loco.

Rafe se alejó de ellas riéndose, y las dos mujeres observaron cómo los niños iban tras él.

—¡Muy propio de Rafe! —aseguró Fannie.

—No lo conozco mucho, pero por lo que he visto hasta ahora… sí, es muy propio de él —añadió riéndose.

—Doctora Tremont…

—Maggie, por favor.

Fannie sonrió.

—Muy bien, Maggie, acababa de hacer café. ¿Qué te parece si nos lo tomamos en el porche? Tengo la sensación de llevar horas encerrada en casa y el día se hace muy largo, sobre todo si toca colada.

—No me extraña —dijo Maggie—. Y más teniendo gemelos. No sé cómo te las arreglas.

—Es más fácil cuando los niños están en el colegio —admitió riéndose—. Espérame aquí mientras voy a por el café. Puedes dejar a Maurice en el parque.

Fannie volvió poco después con dos tazas humeantes.

—Es un pequeño milagro que te haya traído Rafe —le dijo una vez estuvieron cómodamente sentadas—. No tenemos ningún tipo de servicio médico excepto el de esa furgoneta, y cuando no apareció en abril... Si le has visto las piernas a Louisa, entenderás a qué me refiero. A mí se me da bien hacer curas y lo que no sé yo, lo sabe otro, pero hay cosas que nosotros no podemos hacer. No pretendo quejarme, sé que tenemos suerte, aunque no creo que Cyrus Halper piense lo mismo... el año pasado se cayó de la trilladora y se hizo un corte en el pie que le llegaba hasta el hueso. Rafe le cosió para que aguantara hasta Bloomville y lo hizo muy bien, pero seguro que Cyrus habría preferido que lo durmieran.

—¿Que lo durmieran? ¿Quieres decir que le pusieran anestesia?

—Sí, eso —respondió con una carcajada—. Tuvieron que emborracharlo para que aguantara el dolor, lo cual había sido la causa del problema.

—¿El dolor?

—¡La bebida! —Fannie soltó otra carcajada—. Pero no hay mal que por bien no venga porque no ha vuelto a beber una gota de alcohol desde entonces.

—¿Cómo es que Rafe sabía lo que había que hacer?

—Rafe lleva toda la vida haciendo ese tipo de cosas. Él mismo trajo al mundo a Amos cuando su mujer se puso de parto antes de tiempo. Rafe *siempre* sabe lo que hay que hacer —aseguró con convicción—. Es un buen hombre. Para cualquier mujer sería una suerte estar con él. Claro que eso no fue lo que debió de pensar... ¿cómo se llamaba? ¿Rosa? ¿Rose? ¡Eso, Rose! Porque lo abandonó en cuanto pudo ponerse en pie. Yo creo que en el fondo Rafe se libró de una buena.

Mientras veía a Fannie atender a los gemelos, Maggie pensó que a Rafe sólo le faltaba llevar una corona porque era evidente que era el rey de aquella montaña. Un rey al que todo el mundo adoraba y respetaba. Era el corazón de la comunidad.

Pobre Rose. Debía de haber sido muy difícil vivir con una leyenda.

A Maggie le sorprendió que Fannie hablara con tanta franqueza ante una desconocida, pero en los siguientes veinte minutos que pasó con ella, no dijo ninguna otra cosa reveladora. No volvieron a hablar de Rafe, cosa que Maggie agradeció porque cada vez que oía su nombre se ponía alerta y tenía la sensación de estar fisgoneando.

—A lo mejor prefieres que examine a los bebés mientras los niños no están —le ofreció Maggie poco después—. He traído el maletín y... en realidad era el propósito de esta visita; facilitar las cosas a aquéllos a los que les resulte difícil ir al pueblo. A los mayores puedo examinarlos otro día.

—¿Podrías hacerlo?

—¡Estaré encantada!

—¡Y yo muy agradecida!

Así pues, entraron en la casa con los dos pequeños. Maggie examinó a ambos bebés en la cocina y, para su sorpresa, tanto Maurice como Zack estuvieron muy tranquilos todo el tiempo y pudieron volver a su parque enseguida.

—Una hora de tranquilidad y alguien con quien hablar... esto es el paraíso —suspiró Fannie volviéndose a sentar en la mecedora del porche—. Frank me regaló esta mecedora cuando nacieron los gemelos. Me dijo que era lo mínimo que podía hacer... yo le dije que lo mínimo que podía hacer era ponerse un preservativo.

Maggie se echó a reír ante la sinceridad de Fannie. Tenía cinco hijos, pero parecía muy joven.

—Así es, cinco hijos en nueve años —dijo leyéndole los pensamientos—. Ya sabes lo que he hecho los últimos diez años, ahora háblame de ti.

—No hay mucho que contar. Siempre he querido dedicarme a la medicina y es lo que hago. Y no, no estoy casada, ni he tenido ningún divorcio.

¿Te acuerdas de la tormenta que hubo hace unos días? Pues estaba conduciendo en mitad de la lluvia y me perdí. Paré a echar gasolina en la estación de servicio de Louisa, que tuvo que acceder a darme alojamiento porque estaba muy enferma. No pudo negarse.

—Pero conociéndola, seguro que lo intentó —adivinó Fannie.

—Sí, pero me ha ayudado mucho, y ahora que estoy recuperada, quiero compensar al pueblo por el plantón de la furgoneta. Espero que funcione el boca a boca porque va a resultar difícil avisar a todo el mundo de que estoy aquí. Por eso fue por lo que Louisa convenció a Rafe de que me acompañara a visitar algunas casas.

—Supongo que no fue fácil.

—En realidad aún no sé por qué accedió a hacerlo. Quizá pensó que me perdería en estas montañas.

Las dos mujeres siguieron charlando animadamente, y así fue como Maggie tuvo la oportunidad de preguntarle lo que opinaba del futuro de Primrose y descubrió que Fannie tenía un interesante proyecto en mente. Llevaba tiempo pensando en crear un mercado rural en el que, entre otras cosas, los agricultores de la zona pudieran vender sus productos directamente al consumidor. De hecho, ya se había puesto en contacto con el departamento de agricultura del estado y había hecho bastantes averiguaciones a través de Internet.

Maggie estaba impresionada.

—¿Se lo has contado a alguien más?

—¡Claro! He hablado con casi todas las mujeres de Primrose, y todas parecen estar muy interesadas.

—¿Entonces tienes un plan?

Fannie sonrió levemente.

—Maggie, tengo muchos planes… y cinco hijos. El problema es poner los planes en marcha.

—¿Qué te parece crear un comité que se encargue de investigar?

Fannie se echó a reír.

—¿Cuánto tiempo dices que piensas quedarte?

Aún seguían hablando cuando Rafe y Frank volvieron acompañados de los niños. Fran Congreve era un hombre taciturno, pero se mostró muy amable con Maggie. A pesar de su evidente cansancio después del duro trabajo, estaba claro que su familia lo llenaba de energía, tan claro como el amor que sentía por su esposa, de la que estaba pendiente todo el tiempo. Fannie insistió en que Rafe, Amos y Maggie se quedaran a cenar, y Frank se unió a la invitación, llegando incluso a regañar a Rafe cuando éste intentó rechazarla.

Fannie quiso advertirles de que no sería nada sofisticado, sólo pollo asado con patatas. Pero lo cierto fue que estaba todo delicioso, y Maggie no dudó en repetir. La cena estuvo muy animada, incluso Rafe estaba hablador, lo que Maggie atribuyó a la amabilidad y la calidez que se sentía en casa de los Congreve.

Hacia las siete de la tarde, Rafe se puso en pie

y dijo que, si no se marchaban en aquel momento, no lo harían nunca. Amos no puso objeción alguna porque estaba agotado, por lo que enseguida estuvieron los tres en la camioneta. Eso sí, después de haber prometido que volverían a visitarlos pronto.

—Son encantadores —dijo Maggie cuando Amos ya se había quedado dormido en el asiento de atrás—. Debe de ser muy reconfortante tener amigos a los que conoces desde hace tanto tiempo.

—De toda la vida —matizó Rafe escuetamente.

—Tienes suerte. Yo no conozco a nadie desde hace tanto tiempo.

—La verdad es que no suelo pensar en ello.

Maggie lo miró con media sonrisa.

—No, los hombres nunca lo hacéis.

Capítulo 5

AL día siguiente, Rafe fue a buscar a Maggie a su cabaña según le había prometido, pero esa vez no lo acompañaba Amos.

—Anoche llegamos a casa tan tarde que he preferido dejar que durmiera, y después lo he dejado en casa de un amigo que lo había invitado a ir a pescar. Los niños tienen que hacer cosas de niños de vez en cuando, sobre todo en verano.

Maggie tuvo que morderse el labio inferior para no sonreír. El gesto de Rafe parecía indicar que no creía realmente lo que estaba diciendo, pero no sería ella la que le contradijera. Ya era bastante molestia para él tener que llevarla por ahí. Sin embargo cuando dejó la cesta de la comida en la camioneta, Maggie se fijó en que Rafe no protestó.

Pasaron las siguientes horas recorriendo las montañas y visitando una casa tras otra. La predicción del tiempo había prometido un verano muy cálido y, a juzgar por aquel día, no se habían equivocado. Sabiendo lo mucho que costaba la gasolina, Maggie no se atrevió a pedirle a Rafe que encendiese el aire acondicionado, pero aceptó todos los vasos de limonada que le ofrecieron en las diferentes casas.

Rafe era una especie de salvoconducto. Yendo con él, la gente no la dejaba entrar en sus casas, sino que la invitaba a hacerlo, lo cual hacía que todo fuera mucho más sencillo. No sólo pudo darles el cuidado médico que muchos necesitaban, también pudo cumplir la petición de Louisa de hablar con ellos de los problemas del pueblo y sondear sus opiniones. El día anterior había recibido las noticias de Maggie con verdadero entusiasmo, aunque resultó que ella ya estaba al corriente de los planes de Fannie.

—Lleva mucho tiempo jugando con la idea, pero yo no sabía si aún quería hacerlo —le había dicho Louisa—. Me alegra mucho que sea así.

—Rafe dice que mañana vamos a ver aún a más gente. Parece ser que hay un grupo de familias que vive en la ladera sur de la montaña, ¿no?

—Sí, ya sé dónde va a llevarte. Está cerca del lago Cory. Estupendo. Es muy interesante ver si alguien tiene alguna idea para sacar adelante el pueblo.

Viajando con Rafe, Maggie no tardó en aprender que los problemas de Primrose no se limita-

ban a la falta de atención médica. Según le dijeron, todos los ingresos se iban a la tierra, a veces
tenían incluso que renunciar a una buena casa, a
ropa adecuada o a una alimentación sana. La educación de los niños era un asunto secundario; si la
cosecha caía en otoño… los niños debían ir a los
campos y olvidarse del colegio por una tempora-
da. Todos le decían lo mismo y esperaban que la
doctora Tremont lo comprendiera. Y por supuesto
que Maggie lo comprendía.

Cuando les contaba el proyecto de Fannie, todos se mostraban muy interesados y a la mayoría
les hacía ilusión la idea de tener un mercado, en
parte porque podían participar en el plan y también porque quizá incluso pudieran beneficiarse
económicamente. Pasteles, confituras, velas, punto de cruz, allí todo el mundo tenía algo que vender y estaban preparados para empezar en cuanto
Fannie lo dijera.

Lo que Maggie no comprendió fue la irritación
de Rafe cuando pararon a comer a la sombra de
un árbol junto al lago Cory. Después de extender
una manta en el césped, Maggie dejó la cesta de
la comida a un lado y se acercó a la orilla del lago
a mirar el reflejo de las montañas en el agua. No
se oía nada, sólo el croar de una rana solitaria; hacía tanto calor que hasta los pájaros habían busca-
do refugio.

—Es bonito, ¿verdad? —le preguntó Rafe con
su voz profunda.

—Muy bonito —respondió Maggie.

—Cuando todo lo demás falla, tenemos la tierra.

Siguieron allí de pie en silencio unos minutos, admirando aquel lienzo pintado por la madre naturaleza y, cuando sintieron hambre, volvieron junto al árbol.

—¿Cómo es que les has hablado de todo eso? —le preguntó Rafe mientras ella sacaba las cosas de la cesta.

—¿Qué es «todo eso»?

—El proyecto de Fannie de montar un mercado.

—Ah, eso. Fue idea de Louisa. Me pidió que hiciera una especie de sondeo para ver qué ideas tenía la gente para mejorar el pueblo. Yo no sabía nada del mercado rural hasta que Fannie lo mencionó el otro día. ¿Por qué lo preguntas? ¿No te parece bien?

—No lo sé, pero no importa porque no va a salir adelante.

—¿Por qué dices eso? No puedes saberlo.

—Lo que sé es que se necesitaría mucha organización, algo que este pueblo no sabe hacer.

—Entonces enséñales a hacerlo.

—Si ese mercado implica que las montañas se llenen de turistas, que tengamos que limpiar la suciedad que dejan, apagar sus fuegos de campamento y que las carreteras se destrocen más de lo que ya están, estoy completamente en contra.

—¿Tanto como para luchar contra ello? —le preguntó Maggie con curiosidad—. ¿Aunque se llegara a ciertos acuerdos?

Rafe se detuvo a pensar unos segundos.

—No hay mucha gente en la que confíe.

A Maggie no le extrañó oír aquello.

—Eso es decisión tuya, pero Frank y Fannie no parecen capaces de presentar una idea que fuera a hacer daño a su comunidad. No hace falta tanto para revitalizar este pueblo, y estoy segura de que no estás en contra de eso, ¿no, Rafe? Si lo piensas un momento, un mercado rural es la idea perfecta para Primrose. Los productos ya están cerca y, por lo que he visto en la gente con la que hemos hablado, todo el mundo tiene algo que ofrecer. Por el amor de Dios, si todo el mundo puede poner un puesto junto a cualquier carretera, ¿por qué no hacerlo aquí?

—El año pasado, cuando Fannie empezó a hablar de ese mercado, oí que alguien hablaba de utilizar la plaza principal del pueblo. Eso no es precisamente el arcén de la carretera.

—No lo sabía. De todas maneras… Bueno, yo no estaré aquí cuando llegue el momento de hablarlo en serio, pero espero que tú sepas llevarlos en la dirección adecuada.

—No es eso lo que suelo hacer.

—¿Prefieres limitarte a bombardear sus sueños? —preguntó Maggie con una sonrisa mientras echaba mano de un sándwich.

Rafe reaccionó con evidente tensión.

—Los protejo de sí mismos y trato de proteger las montañas.

—Pues creo que no estoy del todo de acuerdo

con el modo en que lo estás haciendo, pero como ya te he dicho, no estaré aquí para discutirlo. Lo que sí debo decirte es que Primrose es un lugar muy hermoso, y sería un lugar ideal para pasar las vacaciones. Mira este lago por ejemplo, es increíble. Unas cuantas casitas de madera junto a la orilla, un pequeño embarcadero…

—Es todo eso lo que temo.

—Pues es eso o…

Maggie detestaba ser tan dura, pero Rafe necesitaba una buena dosis de realidad. Fannie Congreve parecía tener las ideas muy claras, pero si el resto del pueblo no se movilizaba con ella, en unos años ya no habría pueblo. Los niños crecerían y se marcharían, dejando atrás unas casas abandonadas. Maggie lo había visto muchas veces viajando por Massachusetts; Nueva Inglaterra estaba llena de pueblos que morían por falta de abastecimiento, de servicios o de ambas cosas, y no ofrecían nada a las nuevas generaciones para quedarse. A veces la culpa era de un gran almacén que el pueblo recibía con los brazos abiertos, pero que acababa quitándole la vida a la localidad porque las tiendas pequeñas no podían competir. Otras veces era por la falta de puestos de trabajo, por las nuevas tecnologías o porque el pueblo se quedaba sencillamente obsoleto.

Por lo que había visto en el tiempo que llevaba allí, Primrose era uno de esos pueblos en sus últimos días. Pero no tenía por qué serlo, pues por cada pueblo que moría había otro que se reinventaba a sí mismo. Así pues, respiró hondo y trató de hacer que Rafe mirara al futuro.

—Rafe, sé que para ti soy sólo una forastera, pero me parece que Primrose debe tomar algunas decisiones difíciles si quiere sobrevivir. La situación del pueblo es muy grave, y si no eres parte del plan para arreglarla, serás parte del problema.

—¿Tú crees?

—Sí, eso es lo que creo —dijo Maggie con la mayor suavidad posible—. Puede que no te guste el diagnóstico ni tienes por qué creerme, pero sólo tienes que mirar a tu alrededor y escuchar a tus vecinos.

Con la seguridad de haberle dado bastante en que pensar, Maggie se puso en pie y caminó por la orilla del lago hasta encontrar un rincón algo apartado. Allí se quitó los pantalones y la camiseta y se aventuró a meter un pie en el agua, todo el tiempo con la vista puesta en el lugar en el que había dejado a Rafe. En el momento en que sintió el agua, dejó de pensar por completo. ¡El agua estaba deliciosamente fresca! Poco a poco fue adentrándose en el lago hasta que el agua la cubrió hasta el cuello, entonces se olvidó de todo y se limitó a flotar con los ojos cerrados. ¿Por qué llevaba la vida que llevaba? ¿Qué motivo tenía para pasarse diez meses al año recorriendo una docena de estados? Estaba a punto de cumplir los cuarenta. ¿Qué la esperaba después de eso? ¿Más de lo mismo?

—Cualquiera que te viera pensaría que es la primera vez que te das un baño en un lago.

Maggie se sobresaltó al oír la voz de Rafe tan cerca, a menos de un metro de distancia.

—Rafe Burnside, acabas de darme un susto de muerte. ¿Por qué te acercas tan sigilosamente?

Con una malévola sonrisa en los labios, Rafe se puso de pie, el agua le llegaba por la cintura.

—No te preocupes, doctora, el agua te tapa por completo.

Maggie esperaba que fuera cierto. Rafe era mucho más alto que ella, por lo que lógicamente le sobresalía más el cuerpo por encima del agua, pero no estaba del todo segura.

—Si yo te veo a ti, tú también puedes verme a mí.

—¿Acaso me estás mirando? —Rafe siguió sonriendo y mirándola con gesto provocador.

Maggie tuvo que admitir, al menos ante sí misma, que era un verdadero placer mirarlo. Un dios de bronce, fuerte y seguro de sí mismo. Pero eso no quería decir que se sintiera tentada por él. ¡En absoluto!

Pero si daba un paso más hacia ella…

—¡Burnside, no te atrevas a acercarte más!

Con el rostro enrojecido por la vergüenza, Maggie vio cómo Rafe daba un paso más. Estaba tan cerca que prácticamente podía sentir el calor que irradiaba su cuerpo fuerte y desnudo. Siguió el recorrido de las gotas que le caían por el torso como si estuviera hipnotizada; no podía hacer otra cosa más que observar su pecho ligeramente cubierto de vello y sus pezones oscuros.

Rafe esbozó una seductora sonrisa.

—No voy a atacarte —dijo suavemente—, si es eso lo que te preocupa —entonces acercó la mano para retirarle un mechón de pelo de la cara—. Lo que ocurre es que al verte chapotear, he dudado de que supieras nadar.

Un escalofrío recorrió el cuerpo de Maggie al sentir el breve roce de sus dedos.

—Yo… claro que sé nadar —aseguró tartamudeando.

—Muy bien. Entonces no tengo por qué preocuparme.

—No…

—Entonces me marcharé, si quieres.

—Sí… sí… Quiero que te vayas.

Pero él no se apartó ni un milímetro, más bien al contrario. Bajó la mano por su mejilla hasta agarrarle la barbilla para hacerle levantar la cara hacia él. *Diosibaabesarla*. Maggie sintió que le faltaba la respiración.

Pero no la besó.

—Sólo he mirado un poco —susurró antes de alejarse nadando, su risa quedó flotando en el agua.

Decepcionada y confundida, Maggie volvió a dejarse flotar, intentando no pensar en cosas que era mejor no analizar. Cuando empezó a sentir frío no le quedó más remedio que volver a tierra. Después de vestirse entre los árboles, volvió a la manta del picnic, allí encontró a Rafe tumbado a la sombra.

—¿Dónde vamos ahora? —le preguntó Maggie intentando no mirar a su pecho desnudo y a la cinturilla baja de los pantalones, que mostraban más de lo que podía soportar su corazón.

—¿Qué te parece si nos echamos una siesta? —murmuró Rafe.

—¿Aquí? ¿Ahora? ¿Hablas en serio?

No sólo hablaba en serio, sino que ya había empezado a roncar suavemente. Maggie optó por sentarse apoyando la espalda en un árbol y observar el modo en que el pecho de Rafe subía y bajaba al ritmo de su respiración. No había nada de malo en disfrutar un poco de aquel regalo para la vista. Así pues, aprovechó la oportunidad de mirar detenidamente a aquel hombre que resultaba tan atrayente y tan distante al mismo tiempo.

Sus abdominales que eran lo que solía describirse como una tableta de chocolate. Y el pelo oscuro, que desaparecía bajo la cremallera del pantalón. Y sus brazos torneados a fuerza de trabajo. En aquel momento, hasta las arrugas de su rostro resultaban hermosas. Tan hermosas como su boca, que parecía sonreír en lugar de tener el gesto torcido al que la tenía acostumbrada.

Aunque por fin lo había visto reír. *Ella* lo había hecho reír y el sonido se le había metido en la cabeza y se había quedado allí como si aquél fuera su lugar.

Sin darse cuenta, también ella se quedó dormida hasta que la despertó el ruido que estaba haciendo Rafe al guardar las cosas en la cesta.

—Perdona, pero llevo diez minutos tratando de despertarte. Está a punto de ponerse el sol.

—¿Diez minutos? ¡Yo nunca duermo tan profundamente!

—Yo también me he quedado dormido —dijo él yendo hacia la camioneta con la cesta—. Así que vámonos, Maggie. Tengo que recoger a Amos, y ya está oscureciendo. Debe de estar preguntándose dónde estoy.

El camino de vuelta fue silencioso, algo desconcertante para Maggie por culpa de lo ocurrido en el lago, pero no desagradable. Tenía muchas cosas en que pensar, y seguramente Rafe también. La llegada de Amos fue un gran alivio. El muchacho salió corriendo de la casa de su amigo antes incluso de que Rafe hubiese parado la camioneta. Habría sido difícil decir a quién se alegraba más de ver, si a su padre o a Maggie.

Unos minutos después llegaron al motel de Louisa, y Maggie se alegró de ver su cabaña porque la siesta la había dejado más cansada y estaba deseando darse una ducha.

—No podré acompañarte hasta dentro de unos días —le dijo Rafe cuando ella se disponía a salir de la camioneta—. Tengo mucho que hacer.

—Has dejado muchas cosas de lado por mi culpa, ¿verdad? —le preguntó, lamentando estar quitándole tiempo.

—Algunas.

—¿No hay nadie que pueda sustituirte?

—Todo el mundo está muy ocupado —dijo

Rafe, aunque en realidad no sabía si quería que otro acompañara a Maggie—. Siempre hay algo que hacer; si no es plantar, es recoger o arreglar las máquinas.

Maggie asintió y miró a Amos.

—Buenas noches, Amos.

—Buenas noches, doctora Tremont —farfulló el muchacho.

—Siempre que te veo estás a punto de quedarte dormido —le dijo Maggie pasándole la mano por la cabeza—. ¿Tan aburrida soy? —bromeó.

—¡A mí me pareces genial! —aseguró Amos, lo cual provocó la sorpresa en los dos adultos.

—Tú también eres genial —susurró Maggie antes de salir de la camioneta.

Diez minutos después, ella también estaba dormida, soñando con irascibles granjeros.

Maggie tardó dos días en organizar una pequeña consulta en la cabaña que le había ofrecido Louisa y que ella no había dudado en aceptar.

Una vez vio el resultado de tanto trabajo se sintió muy satisfecha. Desde luego aquel espacio era mucho mejor que atender a los pacientes en la furgoneta, que era lo que solían hacer ella y todos sus compañeros del servicio móvil.

El problema era correr la voz de que estaba allí. El tercer día, al ver que no había pacientes, Maggie convenció a Louisa de que le explicara cómo llegar a la granja de Rafe. Después de equivocarse sólo una vez, Maggie vio con alegría que la había encontrado. Era una pequeña casa de madera que se encontraba a unos quince kilómetros de la estación de servicio, tal como le había prometido Louisa. Amos estaba en el porche y comenzó a saludarla con ambos brazos en cuanto reconoció su furgoneta.

La hierba estaba cuidadosamente cortada y el porche parecía recién pintado, lo que encajaba a la perfección con el resto de la casa. Era evidente que los Burnside cuidaban mucho de su hogar. Había manzanos por todas partes, plantados en línea recta tanto a la izquierda como a la derecha de la casa y podados para que no crecieran mucho a lo alto, sin duda para que resultara más fácil recoger los frutos.

—¡Hola, Amos, vaya recibimiento! —le dijo al salir de la furgoneta y antes de agacharse a acariciar a un perro de color canela que había acudido junto al muchacho—. ¿Éste es tu perro?

—Es perra; se llama Tyla —dijo, lleno de orgullo.

—Y está preñada.

—Sí, debe de estar a punto de parir. Papá dice que no podemos quedarnos con los cachorros, pero al menos podré jugar con ellos un tiempo hasta que podamos regalarlos. Ojalá pueda quedarme con uno para que Tyla no esté sola y no eche de menos a sus hijos.

—¿Crees que yo podría quedarme con otro? —a Maggie le sorprendió oírse decir aquello, pero en cuanto lo hizo se dio cuenta de que había hecho bien.

Lo cierto era que quería un perro, siempre lo había querido.

Amos parecía tan sorprendido como ella.

—¿Cuidarías bien de él?

—Por supuesto —respondió solemnemente.

—Tendré que preguntárselo a papá.

—¿Qué es lo que tienes que preguntarle a papá? —Rafe apareció limpiándose las manos con un trapo.

—Hola, Rafe.

—Doctora Tremont —dijo él con una formalidad que Maggie no esperaba.

—Papá, Maggie dice que quiere uno de los cachorros de Tyla.

—¿Eso quiere?

—Sí, eso quiero —repitió ella sonriendo, negándose a dejarse desanimar por el mal humor de Rafe—. Si Amos y tú creéis que puedo ser una buena madre, me encantaría quedarme con uno.

—Supongo que sí —decidió Rafe con gesto pensativo—. ¿Qué te trae por esta parte del bosque? No hay nadie enfermo, que yo sepa.

—No, que yo sepa, no. Louisa me ha alquilado la cabaña de al lado de la mía para que pueda pasar consulta, pero aún no he tenido ningún paciente. Estaba allí sentada sin nada que hacer cuando me acordé de que te prometí que ayudaría en las tareas de la granja a cambio de que tú me llevaras a conocer a la gente del pueblo. Tú ya has cumplido tu parte del trato, pero yo no.

—¿Has oído eso, Amos? La doctora Tremont quiere ayudarnos en la granja.

—¡A mí me parece muy buena idea!

—Muy bien —dijo Rafe con una malévola sonrisa al tiempo que dejaba a un lado el trapo—. ¿Y qué es lo que estás dispuesta a hacer exactamente?

Maggie se sonrojó, pero no se echó a atrás. Rafe trataba de intimidarla y lo estaba consiguiendo, pero no estaba dispuesta a que él se diera cuenta.

—Lo que vosotros, que sois los expertos, consideréis que debo hacer.

Rafe sonrió. Le gustaba que no se dejara acobardar.

—¿Sabes ordeñar?

—Sabes perfectamente que lo más cerca que he estado de una vaca ha sido en la sección de lácteos del supermercado.

—Mejor, porque hace ya muchas horas que se pasó el momento de ordeñar. ¿Qué me dices de desbrozar?

Al oír la risa de Amos, Maggie miró a Rafe con desconfianza.

—A lo mejor si me dices algo más sencillo… Quizá pueda ayudarte en lo que estuvieras haciendo tú.

—Estaba arreglando un tractor, pero no creo que sepas nada de tractores, ¿no?

—Nada en absoluto.

—Bueno, hay un montón de heno en el granero que quería mover antes del fin de semana.

—Pero, papá, yo creí que…

—He cambiado de opinión, Amos —afirmó Rafe sin apartar la mirada de Maggie—. Creo que es la tarea perfecta para la doctora. No hay que saber mucho para mover un montón de heno.

—Pero, papá…

—Está decidido, hijo. Ahora vuelve a casa y termina de fregar los platos del desayuno, y que no se te olvide barrer el suelo de la cocina.

Amos se alejó de ellos frunciendo el ceño. Maggie siguió a Rafe al granero en completo silencio. Una vez allí, se quedaron en la puerta unos segundos hasta que su vista se adaptó a la falta de luz. En un rincón del enorme granero había un tractor y una luz encendida, por lo que Maggie supuso que era allí donde había estado trabajando Rafe. El suelo estaba lleno de piezas de motor y herramientas de todo tipo. Lo cierto era que llamar trastero a aquel vehículo era todo un eufemismo, pero desde luego no iba a decírselo a Rafe.

El heno que Rafe quería que moviera estaba en el sobrado del granero, adonde se subía por una escalera de madera. Junto al enorme montón de balas de heno había una horca, pero Maggie no sabía cómo creía Rafe que iba a poder mover todo aquello, especialmente llegar a las balas de más arriba.

—La idea es acercar las balas a la puerta para

poder bajarlas después por la rampa, así lo dejamos preparado para invierno. No hace falta que hagas un montón tan alto, no espero milagros de un peso ligero como tú. Por ahora, sería de mucha ayuda que simplemente las movieras como te digo.

Maggie respiró hondo. Debía de haber al menos treinta balas.

—De acuerdo.

—Muy bien. Yo moveré la primera para que veas como se hace. Después seguiré trabajando en el tractor por si me necesitas.

—Creo que podré con un montón de heno —aseguró con fingida convicción.

Maggie lo vio mover una bala sin el menor esfuerzo aparente.

—Es pan comido —dijo ella agarrando la horca.

—¿De verdad? Entonces te dejo que trabajes tranquila. Ah, Maggie, has sido muy amable por ofrecerte a hacerlo.

Aquella muestra de agradecimiento la sorprendió tanto que tuvo que acercarse para comprobar que Rafe no se estaba riendo. Por un momento creyó verlo sonreír, pero cuando se fijó bien sólo vio la expresión seria de siempre.

Una vez sola, miró las balas de heno y tomó aire. No podía ser tan difícil.

—¿Todo bien por ahí arriba? —le preguntó Rafe poco después.

Sólo la horca de hierro pesaba más que ella.

—Sí, sólo estoy organizándome.

Apretó bien los labios y cargó contra la bala con la horca, pero el heno ni se movió. Probó otra vez, pero el resultado fue el mismo. Aquello iba a ser más difícil de lo que esperaba. Quizá si se subía al montón y empujaba las de arriba... Sí, eso parecía funcionar, pero... ¿Qué era ese ruido?

En ese momento salieron de la paja cuatro ratoncitos que se alejaron corriendo. Maggie gritó con tanta fuerza que se cayó de bruces. Se puso en pie agarrándose de la barandilla, pero aún seguía aterrada cuando apareció Rafe.

—¿Qué demonios ocurre? ¿Estás bien?

Maggie no pudo evitar lanzarse en sus brazos.

—¡Ratones! ¡Tienes ratones! —gritó, temblando como una hoja.

Ella no lo vio, pero Rafe tuvo que morderse los labios para no echarse a reír. Sin embargo cuando habló, lo hizo para regañarla.

—¡Por el amor de Dios! Pues claro que tenemos ratones. ¡Esto es un granero! —pero al sentir a Maggie en sus brazos, Rafe se dio cuenta de que no tenía la menor prisa por volver al tractor.

Las curvas de su cuerpo y el movimiento de sus pechos era mucho más interesante que arreglar un eje.

—Tranquila —le dijo con más suavidad—. Sólo son ratones de campo. Éste es su hábitat natural. Pero si ya han salido corriendo, seguro que no verás más.

—¿Lo prometes? —le preguntó ella hundiendo el rostro en su camisa de franela.

—No puedo prometerlo —Rafe lanzó un suspiro, pero más para intentar controlar los descontrolados latidos de su corazón que por la pregunta de Maggie—. Seguramente están tan asustados como tú. Además, ¿no te has dado cuenta de que esto está lleno de gatos? Para eso están.

Maggie separó la cara para mirar a los felinos que Rafe le señalaba.

—¿Y de qué sirven ahí sentados? —gruñó—. Me parece que no están haciendo muy buen trabajo. De todas maneras, podrías haberme avisado.

—Si quieres dejarlo, lo comprendo.

—¡No! —Maggie se revolvió en sus brazos y se alejó de él, negándose a admitir un fracaso.

En aquel momento habría deseado darle un golpe con la horca para que dejara de mirarla con esa cara de lástima, pero cuando quiso darse cuenta, Rafe había vuelto a desaparecer escalera abajo.

Maggie se dio media vuelta, dispuesta a enfrentarse al heno. Ya había ahuyentado a cuatro ratones, ¿habría más allí dentro? Porque, si mal no recordaba, aquellos bichos vivían en familia. Dio un paso hacia la barandilla, pero enseguida se detuvo en seco. No iba a preguntárselo, ya había hecho bastante el ridículo. Así pues, agarró con fuerza la horca y empezó a mover el heno.

—Ten cuidado no vayas a hacerte daño con la horca —le oyó decir—. No me gustaría que me demandaras.

Maggie maldijo entre dientes y se puso a trabajar con empeño, tratando de no pensar en la falta de sensibilidad de los hombres, y no paró hasta una hora más tarde, cuando tuvo que sentarse a recuperar el aliento. Estaba sudando a chorros y no tenía agua, pero el orgullo le impedía pedírsela a Rafe, aunque como médica sabía que era una idiotez no hacerlo pues se arriesgaba a deshidratarse.

—¿Qué tal va todo por ahí arriba?

—Muy bien —murmuró apoyando la cabeza en el heno y cerrando los ojos.

Al fin y al cabo, aún estaba recuperándose de la gripe, por lo que era lógico que no tuviera fuerzas para todo ese trabajo. Pero lo peor de todo era que parecía seguir habiendo tanto heno como al principio. Quizá debería haber elegido ayudar a Rafe con el tractor, podría haberle alcanzado las herramientas o algo así, pero ahora no iba a darle la satisfacción de reconocer que estaba agotada. No quería ni pensar lo que le iban a doler los brazos al día siguiente… no quería pensar en nada.

No llevaba tumbada allí más que un minuto, no podía haber sido más, cuando sintió un cosquilleo en la nariz. Se rascó y se acurrucó de lado sobre el heno.

—Quita —farfulló, pero ahora sentía el cosquilleo en el cuello y después en el brazo.

Al abrir los ojos se encontró con Rafe, con una pajita en la mano.

—Deberías verte el pelo —le dijo sonriendo—. Está hecho un desastre.

—No sé por qué te parece tan divertido —pero lo cierto era que tenía razón, tenía la cabeza llena de heno—. Dios, menudo aspecto debo de tener.

Rafe la miró sin dejar de sonreír, y seguía mirándola cuando Maggie levantó la vista hacia él.

—Escucha —dijo él—, estaba pensando… Me gustaría besarte.

Maggie abrió los ojos y la boca.

—No creo que sea buena idea.

—Pues a mí me parece que estaría bien hacerlo y así quitárnoslo de la cabeza.

«¿Quitárnoslo de la cabeza? Vaya manera de decirlo».

—Doctora, has conseguido hacer pedazos mi tranquilidad.

—Siento estar siendo una molestia —dijo Maggie—. Si me ayudas a levantarme, me iré y volveré a dejarte tranquilo.

Pero Rafe no parecía por la labor de ayudarla a levantarse, más bien al contrario porque la agarró del tobillo y tiró de ella hasta dejarla completamente tumbada sobre el heno.

—Qué bonitos se ven los rizos pelirrojos —murmuró tumbándose junto a ella.

—¿A pesar de toda la paja? —preguntó tímidamente.

—Así están aún más bonitos —aseguró él retirándole un mechón de la cara.

Maggie intentó no dejarse inquietar por el efecto de su proximidad, pero parecía que no iba a ser capaz de controlar la reacción de su cuerpo.

Entonces él acercó la boca a su oreja y sintió el calor de su respiración. No era precisamente el sol lo que sentía que le ardía en las mejillas, sino el calor del cuerpo de Rafe, acercándola contra sí. Sintió el roce de su lengua en los labios.

—Vamos, doctora, ¿es que no sientes ni un poquito de curiosidad? —la tentó con una sonrisa al tiempo que comenzaba a mordisquearle los labios—. Vamos, Maggie, abrázame.

—Yo…

—Maggie, hablas demasiado. Bésame —susurró al tiempo que se colocaba sobre ella.

En el momento en que sintió su lengua en la boca, Maggie se dio cuenta de que había perdido la batalla. Entonces cerró los ojos y se dejó llevar por el placer de aquel beso intenso, ardiente. Pero entonces, tan repentinamente como había empezado, Rafe se separó de ella.

—¿No me digas que no te alegras de haberlo hecho de una vez? —le preguntó con gesto indescifrable mientras se ponía en pie.

Le tendió una mano y la ayudó a levantarse.

—¡Maggieeeeee! —se oyó la voz de Amos llamándola desde abajo.

—¿Qué pasa, hijo? ¿A qué viene tanto escándalo? —preguntó Rafe sin dejar de mirar a Maggie.

—Acaba de llamar Louisa. Dice que le recuerde a la doctora Tremont que la consulta abre a las cuatro y que debe volver a casa inmediatamente.

—Muy bien, hijo —respondió Rafe—. Ahora

mismo baja. Estamos terminando de colocar el heno —añadió retirándole una pajita del pelo antes de inclinarse a darle un rápido beso en los labios. Después la observó con satisfacción.

—¿Puedo ir contigo? —le preguntó Amos en cuanto la vio aparecer por la escalera—. Ya he terminado de hacer todo lo que tenía que hacer aquí y prometo no estorbarte. Puedo ayudarte en lo que me digas.

—¿Eso crees? —a Maggie le resultaba difícil sonreír con la tormenta de sensaciones que tenía dentro de sí—. Bueno, a mí me parece bien, pero el que decide es tu padre.

Rafe se encogió de hombros.

—Lo que tú digas, doctora. Si te lo llevas, yo podría ir a recogerlo más tarde.

Maggie miró a Amos.

—Quizá puedas servirme de enfermero.

—¡Sí, sí! —exclamó, entusiasmado.

—Muy bien, entonces vámonos. Si nos damos prisa, a lo mejor me da tiempo a darme una ducha.

Mientras se dirigía hacia la furgoneta, Maggie no pudo ver la sonrisa que se dibujó en el rostro de Rafe cuando observaba el modo en que se movían sus caderas al caminar.

Capítulo 6

LOUISA Haymaker había conseguido correr la voz por Primrose. Aquella tarde, ¡Maggie tuvo dos pacientes! Así pues, curó una herida, recetó unos antibióticos y se sintió agradecida por recibir dos sonrisas. Ambos iban a necesitar que un médico volviera a verlos en algunas semanas, pero cuando Maggie les recomendó que fueran a Bloomville, los dos respondieron con evasivas, y la doctora supo que no irían. No sabía por qué, quizá por la distancia, porque estaban ocupados o porque la gasolina era cara; fuera cual fuera el motivo, la situación era preocupante.

Durante tres largos y calurosos días, Maggie atendió a pacientes de todo tipo, y Amos estuvo a su lado como fiel ayudante. Era él el que recibía a sus vecinos y se los presentaba a Maggie, que a su vez respondía a las continuas preguntas que le hacía el muchacho sobre la práctica de la medicina. Quizá algún día se convirtiera en médico.

Rafe, sin embargo, seguía siendo un enigma. No se había referido al beso de forma alguna, aunque Maggie pensaba en ello a menudo. Buscaba su mirada, intentaba interpretar su lenguaje corporal, incluso el modo en que se ponía el sombrero, pero nunca consiguió obtener respuesta alguna. Finalmente optó por dejar a un lado el recuerdo de aquel beso y jugar según sus reglas.

Como Rafe no permitía que Maggie pagara a Amos por la ayuda que le estaba prestando, la doctora le pidió que le dejara llevarle al cine y a cenar a Bloomville. Rafe también estaba invitado si lo deseaba, pero su no fue tan alto y claro que todo el condado debió de oírlo. Sorprendentemente, llamó menos de una hora después para decir que sí que los acompañaría. Amos estaba entusiasmado.

Quedaron en ir el domingo, cuando la consulta estaría cerrada y, según la predicción del tiempo, iba a llover.

Y efectivamente, llovía a cántaros cuando los tres se pusieron en marcha hacia Bloomville, que estaba a una hora de viaje. Esa vez Maggie iba perfectamente preparada para la lluvia para no correr el riesgo de recaer. Dejó que condujera Rafe, por lo que tampoco hubo discusión alguna al respecto.

Nada más subirse a la camioneta le pareció ver que Rafe se había afeitado y se había puesto loción de afeitado. Y tuvo la sensación de que Amos también se había echado un poco. Sin duda aquel viaje era toda una aventura para el muchacho, y se preguntó si no lo sería también para Rafe. Seguramente si le hubiera preguntado cuál era la última película que había visto, habría dicho algo como *Casablanca*.

Llegaron al cine con tiempo de sobra para que Amos pudiera comprar las palomitas de maíz que llevaba pidiendo todo el camino. Una vez en el patio de butacas, Amos sentado entre ambos, Maggie miró por encima de la cabeza del muchacho. Dios, aquel hombre no sonreía jamás, pensó al ver la adusta expresión del rostro de Rafe. Cualquiera que viera el modo en que observaba la sala y al resto de personas que formaban parte del público, habría pensado que era la primera vez que iba al cine.

En la última fila había unos adolescentes que atrajeron las miradas de Rafe y de Amos con su bullicio. Maggie estaba acostumbrada al ruido de los jóvenes, era el modo en que llamaban la atención, pero era evidente que para Amos era una novedad que nada tenía que ver con su estricta educación.

La película era una comedia que Maggie y Amos disfrutaron mucho, no así Rafe. Sin embargo cuando Amos vio las películas que estaban anunciadas para siguientes semanas y le preguntó a su padre si podrían ir a verlas, Rafe no le dijo que no. Encontraron una pizzería que cumplía prácticamente todos los requisitos de Amos, aunque el olor a salsa de tomate y a ajo también hizo que a Maggie se le hiciera la boca agua. A pesar de la seriedad de Rafe, Maggie pidió una pizza grande con ración doble de queso y pan de ajo, segura de que un hombre tan grande como él daría buena cuenta de la comida por mucha reticencia que mostrara.

Unos minutos después, mientras veía cómo Amos negociaba con su padre por la última porción de pizza, Maggie se dio cuenta de que no pasaba demasiado tiempo con niños y que era algo que echaba de menos. Le habría sido imposible calcular la cantidad de niños que acudían a su consulta, pero eso algo diferente. ¿Acaso lamentaba no poder tener hijos? La pregunta se le pasó por la cabeza de pronto, igual que se lo había preguntado millones de veces años atrás. Había comenzado el proceso de adopción en dos ocasiones, pero nunca había llegado a avanzar demasiado; el trabajo siempre había acabado imponiéndose al resto de su vida, hasta el punto de ocupar el lugar de la familia. Sin embargo unos meses atrás había empezado a replantearse sus prioridades y había llegado a la conclusión de que, aunque no tuviera hijos y marido, seguía teniendo derecho a ser algo más que la tía de todos los niños de la familia y de sus amigos.

Y allí estaba ahora, sentada junto a Rafe, un hombre que no parecía disfrutar demasiado de su maravilloso hijo. Aunque quizá no fuera así, quizá cuando estaba a solas con Amos no fuera tan gruñón como cuando estaba en público. Maggie tenía la completa certeza de que no era Amos lo que lo hacía tan infeliz, no podía serlo porque el niño era maravilloso, quizá fuera incluso el único motivo de alegría de su vida. De hecho, se veía que Rafe hacía verdaderos esfuerzos por su hijo, y de vez en cuando intercambiaban sonrisas cómplices, a pesar de que era el hombre más gruñón que Maggie había conocido.

Y el más interesante. Pero ¿por qué? ¿Qué lo hacía tan atrayente? Desde luego no era su conversación, ni su aspecto. Pero tenía unos ojos tan profundos, tan oscuros que parecían completamente negros, ensombrecidos por el peso de una vida complicada. Y era tal el peso que daba la sensación de haber perdido la capacidad de disfrutar de los pequeños placeres de la vida. Aunque a veces sospechaba que no todo su mal humor era real, como cuando miró a su plato y lo vio completamente limpio.

—Pareces un niño pequeño —dijo limpiándole con la servilleta una mancha de salsa de tomate que le había quedado junto a la boca.

—Gracias —dijo él—. Me cuesta admitirlo, doctora, pero debo decir que esta salida ha sido muy buena idea.

Maggie sonrió.

—Tenía la esperanza de que lo pasaras tan bien como tu hijo.

Amos esbozó una sonrisa que le inundó el rostro.

—¡Ha sido el mejor día de mi vida! —exclamó con euforia.

—¿Quieres decir que un paseo por el centro comercial no lo mejoraría un poco más? —le provocó Maggie.

El muchacho abrió los ojos de par en par, pero antes de decir nada buscó la aprobación de su padre.

—¿Podemos, papá? No tenemos que irnos a casa todavía, ¿verdad?

Maggie miró a Rafe mientras meditaba la respuesta. ¿Qué pretendía? ¿Qué creía que le debía a la vida? ¿Por qué se empeñaba a en castigarse continuamente? ¿Porque su mujer lo hubiera abandonado? ¿Por haber tenido que criar solo a aquel maravilloso muchacho? ¿O acaso se trataba de algo de lo que Maggie no sabía nada? ¿Qué haría falta para hacerle reír?

Pero ¿qué más le daba a ella? Ésa era la verdadera cuestión.

—¿Entonces vamos a dar ese paseo, Rafe? —preguntó ella.

—Supongo que sí.

Maggie sonrió.

—Vamos, Rafe, no tienes por qué comprar nada, mirar escaparates también puede ser divertido. ¿O es que no sabes divertirte?

—Para mí la diversión es echarme la siesta en el sofá.

—Bueno, si estás tan cansado, puedes dormir en el coche a la vuelta, yo conduciré.

—¡Claro! No soy un suicida.

—Burnside, eso es muy machista —respondió Maggie enarcando ambas cejas.

—¿Machista?

—Si no es por el hecho de que soy mujer, no entiendo qué te hace decir tal cosa.

Rafe no se sonrojó, ni se puso nervioso.

—¿Qué tiene que ver con que seas mujer? Si no recuerdo mal, te perdiste tratando de llegar a Bloomville y por eso acabaste en Primrose. No lo buscaste en el mapa ni seguiste las señales.

—Primrose no aparece en el mapa, ¡si no recuerdo mal! Y en cuanto a las señales, la única que había apenas se podía leer.

Pero Rafe no quería hablar de Primrose y de sus problemas, ni siquiera estaba seguro de que quisiera que Primrose apareciera en los mapas. Y desde luego no quería oír hablar de mercados y reuniones para salvar el pueblo. Sólo había que ver lo que le había pasado a Bloomville. Desde que habían empezado a anunciarse, el pueblo se había llenado de turistas y, de la noche a la mañana, habían construido un hotel y un telesquí. Definitivamente, Maggie y él tenían dos conceptos muy diferentes de lo que era el desarrollo de un pueblo. No la culpaba de nada, pues los problemas que Louisa le había contado eran reales y también le preocupaban a él. Pero también le preocupaba la preservación de las montañas, y no sabía cómo aunar ambas cosas. Por eso no quería apresurarse y tomar decisiones que fueran irrevocables.

Eso era algo que hacían las mujeres, decidían las cosas en un abrir y cerrar de ojos, y pobre del que se encontrara en su camino. ¿No había sido eso lo que había hecho Rose? Se había marchado sin pararse a pensar en el bebé que dejaba atrás. Si Maggie era tan inconsciente como Rose, podría ser un peligro para Primrose, por muy buenas intenciones que tuviera. Pero no era algo de lo que deseara hablar en ese momento, así que salieron de la pizzería y la siguió por el centro comercial.

Era muy agradable pasear con Rafe y Amos, pensó Maggie. Cuando la gente miraba a Amos y sonreía, Maggie sentía un extraño orgullo, casi como si fuera su hijo, igual que cada vez que el muchacho la agarraba de la mano para llevarla al interior de alguna tienda. Y parecía que a Rafe no se le había pasado por alto.

—¿Cuándo tienes pensado irte de Primrose? —le preguntó mientras Amos miraba un escaparate, pero en cuanto vio el modo en que se ensombreció su rostro, lamentó haberlo dicho—. Lo siento, Maggie —se apresuró a decir—. No pretendía que sonara así.

Maggie se puso en tensión. Le parecía mentira que aquel hombre que parecía considerarla el peligro número uno del pueblo fuera el mismo que la había besado en el granero.

—No te entiendo —le dijo después de un silencio—. Desde el principio te has comportado como un grosero y un antipático, incluso cuando me acompañaste a las granjas a ofrecer el servicio médico. Yo lo único que quería era subsanar un error, y hoy lo único que quería era que Amos lo pasara bien, pero tú... ¡tú parece que acabaras de salir del dentista!

El rostro de Rafe se volvió rojo carmesí.

—Supongo que podría ser un poco más amable —admitió, titubeante.

—No estaría mal para empezar.

—Supongo que te he hecho la vida imposible, ¿no?

—A mí no me parece divertido.

—No era una broma. No sé bromear, Maggie, ojalá supiera. Lo único que sé es que el otro día cuando te besé en el granero pretendía olvidarme de ti, pero la verdad es que no dejo de pensar en volver a hacerlo.

Ahora era Maggie la que se sonrojaba.

—Puede que te parezca sorprendente, Burnside, pero hay gente a la que le gusta que la besen.

—Y a mí me gustó besarte, quizá demasiado. Si me acostumbro a hacerlo y tú te vas, ¿qué pasara conmigo?

—Te quedarás como estabas —replicó Maggie con dureza, y enseguida se arrepintió pues sabía que Rafe sólo estaba intentando ser sincero con ella—. Lo siento, ahora he sido yo la antipática. Pero ya sabes lo que se dice: «El que no arriesga no gana»

—¿Y qué tengo que ganar? —refunfuñó él.

—¿Qué te parece el simple placer de besar y ser besado?

El camino de vuelta a casa fue muy tranquilo, principalmente porque Amos se quedó dormido en cuanto el coche se puso en marcha. Maggie agradeció el silencio y la oscuridad de la carretera. No pasó mucho tiempo antes de que ella también se quedara dormida, y Rafe tuvo que despertarla al llegar a su casa.

—Amos y yo siempre nos quedamos dormidos —dijo ella con una sonrisa antes de salir de la camioneta sigilosamente para no despertar al pequeño.

—Espera. Te acompaño hasta la puerta.

—No hace falta.

—Doctora Tremont, cuando un hombre te ofrece acompañarte hasta la puerta, tienes que aceptar el ofrecimiento.

—Ah… muy bien…

—Y si quiere darte un beso de buenas noches, también debes aceptar ese ofrecimiento.

—Ah.

—El simple placer de besar y ser besado —susurró Rafe mientras la estrechaba en sus brazos.

Y entonces la besó suavemente en los labios. Se miraron a los ojos unos segundos y después le dio otro beso en la frente.

—Ahora sí podemos darnos las buenas noches.

Mientras caminaba hacia la camioneta, Rafe sintió la mirada de Maggie observándolo. Si no hubiera sido por Amos, le habría preguntado si podía entrar. El deseo que sentía por aquella mujer no dejaba de sorprenderle. No entendía por qué, pero en el momento en que la había visto completamente empapada en la estación de servicio, el corazón le había dado un vuelco, y desde entonces el deseo no había hecho más que aumentar. Le gustaba besarla, y aquel día en el granero la habría hecho suya allí mismo si no hubiera sido porque Amos estaba cerca. Sí, aquel beso había sido una equivocación, sólo había conseguido que la deseara más. Por eso había vuelto a besarla esa noche, para ver qué pasaba, eso se había asegurado a sí mismo. ¿Entonces por qué sentía la necesidad de seguir besándola y no parar? Era una pregunta a la que no le encontraba respuesta.

El día siguiente fue eterno para Maggie, que no podía quitarse de la cabeza el recuerdo de la noche anterior. No comprendía cómo era posible que un simple beso la tuviera tan distraída. ¡Si apenas la había tocado! ¿Entonces por qué no dejaba de pensar en él? «¿Qué estás haciendo, Maggie Tremont?», se reprendió a sí misma. «¿No estarás enamorándote?». Aquella pregunta hizo que se le cayera el estetoscopio de las manos. ¿Se estaba enamorando? Eso era algo a lo que había renunciado hacía mucho tiempo. ¡Por el amor de Dios, si estaba a punto de cumplir cuarenta años!

No era así como se suponía que debía ocurrir. Debía enamorarse de un príncipe azul, o algo parecido, no de un granjero gruñón y cubierto de barro.

Pasó el resto del día atendiendo pacientes y, entre uno y otro, temblando cada vez que se paraba a analizar sus sentimientos y preguntándose cómo debía comportarse con Rafe. Pero fue él el que se encargó de responder a esa pregunta cuando fue a buscar a Amos.

—A Amos y a mí nos gustaría invitarte a cenar esta noche.

«Más a Amos que a ti», pensó Maggie con tristeza.

—Vaya, gracias, Amos. Será un placer.

—No será nada especial.

—Cualquier cosa será especial para mí, soy la peor cocinera del mundo.

—Seguro que hay otras cosas que haces mejor.

La cara de Rafe al decir aquello estaba tan carente de expresión, que Maggie pensó que estaba bromeando, hasta que recordó que él no bromeaba.

Aquella tarde, Maggie encontró a Rafe haciendo pollo a la parrilla al llegar a su casa, acompañado por Tyla, que parecía poder ponerse a parir en cualquier momento.

—Ese pollo huele muy bien, Burnside —dijo Maggie.

—Cualquiera puede hacer pollo a la parrilla.

—Parece que Louisa no sabía que cocinaras, le sorprendió mucho que me hubieras llevado caldo cuando estaba enferma.

—Sabe que cocino, de hecho más de una vez ha comido lo que le he llevado. Lo que ocurre es que no ando presumiendo por ahí.

—¿No es propio de un hombre?

Rafe se encogió de hombros.

—Admito que no es lo que a mí me enseñaron que hacían los hombres, pero claro, yo no tenía intención de ser padre y madre al mismo tiempo. Las cosas no siempre salen como uno las planea… a veces salen mejor —añadió acariciándole la cabeza a su hijo, que acababa de entrar a la cocina.

—¿A ti qué te parece, Amos? —dijo Maggie, sonriendo—. ¿Tu padre ha sido una buena madre?

Amos sonrió también.

—No está mal, excepto cuando se le queman las tostadas. Entonces es más padre que madre —añadió riéndose.

Entre bromas de padre e hijo, Maggie los siguió al porche, donde habían preparado la mesa para tres.

—Está precioso —murmuró Maggie viendo las flores frescas que habían colocado en el centro—. Muchas gracias, Rafe, está muy bonito. Hacía mucho tiempo que nadie me agasajaba así.

—Las flores las agarró Amos esta mañana antes de ir a la consulta.

—¡Muchas gracias, Amos! Son preciosas. Debías de estar muy seguro de que aceptaría la invitación.

Amos se sonrojó.

—Esperaba que lo hicieras. Mi padre dijo que no creía que tuvieras muchos compromisos.

—Tenía razón —admitió sin dejar de sonreír—. Aprovechando que estoy aquí, luego podrías enseñarme la casa. Aún no he visto tu habitación.

—¡Claro! —respondió, entusiasmado—. Te la enseñaré después de cenar. Mi habitación es la mejor.

Rafe encendió un par de velas que le dieron a la mesa un aspecto deliciosamente romántico. Durante la cena, Maggie escuchó con interés las historias de Amos, sobre el colegio y sobre el pueblo, Rafe parecía encantado de dejarle todo el protagonismo a su hijo. Cuando todos se declararon incapaces de comer ni un bocado más, Maggie recibió una visita guiada del hogar de los Burnside.

La casa por dentro resultaba muy acogedora, con grandes muebles de madera que encajaban a la perfección con un hombre fuerte como Rafe y un niño lleno de energía como Amos. A Maggie le sorprendió ver que había muchos libros, y la mayor parte de ellos no eran infantiles, eso la sorprendió más que ninguna otra cosa.

Al llegar a la habitación de Amos, Maggie sonrió y tuvo que admitir que, efectivamente, era la más bonita de la casa porque reflejaba toda la vitalidad de un muchacho. Maggie se alegró de ver que, a pesar de la estricta educación que le había dado a su hijo, Rafe le había permitido decorar su dormitorio con total libertad, llenándolo de pósteres. Entre ellos, uno de Bode Millar, un gran esquiador de New Hampshire.

—¿Lo conoces? —le preguntó Maggie al ver los trofeos de esquí del muchacho.

—¿Bode? ¡Claro! Todo el mundo lo conoce. Suele esquiar aquí cerca, en Cannon, y mi padre es amigo de su padre.

Ahora ya sabía lo que hacían los Burnside durante los largos meses de invierno.

—Ahí es donde va todo nuestro dinero —intervino Rafe desde la puerta.

—¿Estás entrenando a Amos para los Juegos Olímpicos?

—Pregúntaselo a él. Lleva esquiando desde los tres años. Sabe que lo de las Olimpiadas es muy difícil, pero como Bode fue a Turín, tiene mucha ilusión.

—Tengo una cuenta de ahorros para comprar esquís y todo lo que necesite; papá me paga por hacer las tareas de la granja. Por eso hago tantas cosas, para poder comprarme el mejor equipo. Papá dice que crezco más rápido que las semillas del jardín.

—Y tiene razón —dijo Maggie mientras volvían al salón—. A mí a veces me cuesta reconocer a algunos de mis pacientes de Boston entre consulta y consulta.

Después de la visita, Rafe y Maggie se sentaron en el porche a tomar café, desde allí podían ver a Amos sentado en el sofá con un libro y Tyla dormida a su lado.

—Has hecho muy buen trabajo educándolo, Rafe —dijo Maggie con una sonrisa.

—Sólo he cumplido con mi obligación.

—Tienes mucha suerte de tener un hijo como él.

—Él es lo que me ha dado fuerzas para seguir todos estos años.

—Desde que… —Maggie se detuvo sin saber si debía revelar todo lo que sabía de él.

Pero Rafe sabía perfectamente a qué se refería. Sabía bien lo rápido que todo el mundo se enteraba de todo el pueblo.

—Desde que Rose me dejó, sí.

—También dejó a Amos.

—Y aún no sé cómo pudo hacerlo.

—De todas maneras, lo has educado muy bien. Es cariñoso, educado…

—Sí, pero sigue echando de menos tener una madre. Yo he intentado suplirla, pero una madre siempre es… no sé… más suave. No sé de qué otra manera explicarlo.

—Te entiendo.

Se quedaron en silencio un buen rato, viendo cómo se hacía de noche, hasta que Maggie se levantó para marcharse.

—Creo que debería marcharse —se acercó a la puerta para despedirse del muchacho—. Amos, me voy. Mañana hay una larga lista de pacientes. ¿Vendrás?

—Si me lleva mi padre —y entonces miró a Rafe con gesto suplicante.

Rafe sonrió.

—Hijo, no me extrañaría que acabaras convirtiéndote en médico.

—Yo había pensado ser veterinario. ¿Qué te parece, papá?

—Que antes de que llegue el momento de estudiar, vas a poder practicar con Tyla.

Capítulo 7

LOS cachorros de Tyla llegaron al mundo esa misma noche, pero no en el granero. Siguiendo los aullidos de los recién nacidos, Amos y Rafe encontraron a la madre bajo el sofá del salón. Después de limpiar la zona, Amos insistió en quedarse en casa para cuidar de los cachorros, pero llamó a Maggie para contárselo y para invitarla a pasar más tarde a ver a la camada.

Maggie llegó cuando Rafe estaba aún en el campo, así que cuando éste volvió a casa, lo primero que vio fue su precioso trasero, ya que Amos y ella estaban mirando a los perros.

—¿Qué tal está, doctora? —preguntó tratando de no sonreír.

Amos y Maggie se dieron la vuelta, sobresaltados.

—No soy veterinaria, pero parece que madre e hijos están perfectamente, y los cachorros son preciosos. Amos me ha dicho que puedo elegir uno en cuanto quiera.

—Pero no se podrán separar de Tyla hasta dentro de seis semanas, ¿cómo vas a poder venir a por el que elijas si ya no estarás aquí?

—No habrá ningún problema —dijo ella como si nada—. Podré pedirme un par de días libres para venir.

Al ver el modo en que Rafe torció el gesto, Maggie dio por hecho que no estaba satisfecho con la respuesta y decidió cambiar de tema.

—He traído la cena. Bueno, en realidad he traído a Louisa —anunció—. Insistió en venir y, a juzgar por la libertad con la que se mueve en tu cocina, supongo que no te importará.

—Me estaba preguntando qué era todo ese ruido.

—He empezado a atenderle las piernas y ha mejorado mucho, aunque no le vendría bien un poco de fisioterapia. Estoy intentando que regularmente venga un fisioterapeuta al pueblo.

—Es un detalle...

El modo en que Rafe dijo aquellas palabras mientras subía las escaleras para dirigirse a la ducha hizo que Maggie no supiera bien cómo interpretarlas.

—Parece que llevarais años sin comer —dijo

Louisa al ver el modo en que devoraban la deliciosa cena que había preparado, pero era evidente que le encantaba que todos alabaran sus dotes de cocinera—. He estado pensando en abrir un negocio; vendería pasteles caseros, mermeladas, salsas y otras conservas. Lo he hablado con Fannie Congreve.

Rafe dejó el tenedor muy despacio. Antes de continuar, Louisa mandó a Amos a la cocina con la excusa de que trajera el postre y así poder hablar con más libertad.

—Frank cree que a Fannie le vendría bien hacer algo más que cuidar de los niños, por no hablar de los ingresos extra —siguió explicando—. Empezamos a hablarlo el año pasado cuando estábamos embotellando las conservas. La llegada de esta señorita ha traído aire fresco al pueblo —dijo refiriéndose a Maggie—, y Fannie y yo hemos empezado a hablar de ello otra vez. Yo le pedí a Maggie que sondeara las opiniones de la gente, y debo reconocer que al principio me sorprendió que todo el mundo mostrara interés en hacer algo, aunque si lo piensas, es lógico que estén preocupados por el futuro de sus hijos, Rafe. Les preocupa más eso que la posibilidad de que el pueblo cambia. Pero tú lo sabes mejor que yo —añadió con delicadeza.

Claro que lo sabía. Rafe sólo tenía que mirar a su hijo para saber cuánto se preocupaban sus vecinos por los suyos. Justo en ese momento apareció Amos con el pastel de manzana de Louisa.

—Los pasteles de Louisa son increíbles —dijo Maggie nada más verlo—. Está claro que debería venderlos en el mercado rural.

—Vamos, Maggie, es absurdo que este pueblo abra un mercado sólo porque Louisa sea buena cocinera.

—¿Por qué? —preguntó, indignada—. Casi todos los pueblos de Nueva Inglaterra tienen uno, ¿por qué no podría tenerlo también Primrose? Podríais ganar un montón de dinero con los pasteles de Louisa, las conservas de Fannie, el pan casero de Marybeth Hart y la ensalada de col de Billie Temple...

—¿Cómo sabes todo eso? —la interrumpió Rafe.

—Me lo han contado en la consulta. Rafe, todas las mujeres que vienen a verme están entusiasmadas con la idea. Alguien ha hablado incluso de abrir un restaurante, y la verdad es que yo no veo ningún motivo para no hacerlo. En Primrose no hay ningún restaurante. Louisa dice que si eso sigue adelante, podría arreglar un poco el motel, y Shandie Whitehead dice que quizá ella abriría una pequeña pensión porque, desde que Elmer no está, la casa se le hace muy grande... Todos podríamos ayudar.

—¿Tú también?

—Es una manera de hablar.

Amos no tardó en intervenir al oír aquello.

—Pero, Maggie, podrías quedarte y ayudar también.

—Cariño, ya te he dicho que tengo un trabajo en Boston al que debo volver.

—Pero Primrose también necesita un médico y a todo el mundo le encanta tu consulta. Yo podría ayudarte, hasta ahora lo he hecho bien, ¿verdad? Y tú podrías enseñarme medicina para que pueda ser médico como tú.

—Me siento muy halagada, Amos.

—Eso es más que un halago, Maggie —afirmó Louisa con firmeza—. Gracias a ti a Amos se le ha llenado la cabeza de posibilidades, de cosas en las que jamás había pensado antes. El niño tiene razón. No creo que fuera tan horrible que te instalaras en Primrose… si cambias de opinión en algunas cosas, claro —añadió con una traviesa sonrisa.

Cuanto más hablaba Louisa, más silencioso estaba Rafe y más miraba a su hijo. Maggie esperaba que no se sintiera defraudado por que Amos no mostrara interés en tomar el relevo al frente de la granja. Y esperaba también que el pastel de Louisa consiguiera endulzarle un poco el carácter porque la tensión no hacía más que aumentar. Con esa esperanza en mente, Maggie comenzó a servir el pastel.

—¡Dios! —exclamó Louisa de pronto—. ¡Casi lo olvido!

Todos se quedaron inmóviles, a la espera de que dijera lo que ocurría.

—Amos, cariño, ve corriendo al congelador. He traído un poco de mi helado casero… de vainilla, tu preferido. Lo guardaba para una ocasión especial y sin duda ésta lo es.

—¿Qué estamos celebrando? —preguntó Amos camino de la cocina.

—Un nuevo comienzo, cariño.

—Es muy agradable estar en las montañas, ¿verdad? —comentó Louisa cuando iban en el coche de vuelta a casa esa misma noche—. Rafe tiene una casa muy bonita, ¿no te parece?

Louisa esperó impaciente, pero Maggie estaba demasiado concentrada en la carretera como para charlar. Estaba acostumbrada a conducir por lugares como aquél, pero precisamente por eso sabía que había que estar muy atenta, por si se cruzaba algún ciervo o cualquier otro animal.

—Mi difunto marido, Jack, siempre quiso que nos fuéramos a vivir a Florida —le contó Louisa después de un largo silencio—. Odiaba la nieve y el frío, pero yo no me dejé convencer, siempre me gustó más el campo —miró a Maggie fijamente antes de añadir—: Este pueblo necesita alguien como tú, Maggie Tremont, y creo que eres consciente de ello, ¿no es así?

—Puede ser —murmuró Maggie.

—Y *él* también te necesita —dijo entonces Louisa.

Maggie no se hizo la tonta.

—A mí él me gusta mucho.

—¿Cuánto es eso?

—Pues… mucho —repitió Maggie con más énfasis.

—¡Muy bien! —respondió Louisa con satisfacción—. Porque yo sé que él siente debilidad por ti; si no fuera así, no estaría de tan mal humor —aseguró—. Conozco a Rafe Burnside como la palma de mi mano. Lo que le ocurre es que todo esto lo ha agarrado por sorpresa. Sólo hay que convencerlo de que eres lo mejor para él. Supongo que no esperaba que aquel día apareciera una mujer con aspecto de perro mojado.

—¡Muchas gracias!

—… y lo enamorara.

—¿Enamorarlo? —repitió Maggie con voz aguda.

—¿Es que tienes problemas de oído, doctora Tremont?

—Pero yo no quiero convencerlo de nada —protestó Maggie—. No quiero convencer a ningún hombre de que me quiera.

—Maggie, ese pobre hombre está sufriendo mucho —aseguró después de un largo suspiro—. Les pasa a la mayoría de los hombres cuando se enamoran. En ese estado no puede apreciar todo lo que vales.

—¡No creo que Rose tuviera que convencerlo de nada!

—Ella no cuenta. Aquello fue un amor infantil, pero ahora es un hombre y cree que lo sabe todo. Sólo hay que reeducarlo. No sé cómo lo hará una mujer moderna como tú, yo lo que sé es que los hombres como Rafe Burnside van al altar pataleando.

—¿Al altar?

—¿No es eso de lo que estábamos hablando? —preguntó Louisa con tono inocente.

—¡Por el amor de Dios! Sólo llevo aquí unas semanas.

—¿No crees en el amor a primera vista?

—¿Es que te has vuelto loca?

Pero Louisa no parecía dispuesta a echarse atrás.

—Puede ser, pero la verdad es que no me importaría verlo casado antes de morir. Rafe merece ser feliz por fin y me parece que sois perfectos el uno para el otro. En realidad creo que tu llegada a Primrose fue una especie de regalo del cielo, y no sólo para Rafe. No quiero presionarte, por supuesto, pero me alegraría mucho que sintieras algo por él. Rafe está tan ocupado con sus manzanos que no tiene tiempo ni de pensar, tendremos que encargarnos de abrirle los ojos.

Fuera cual fuera la opinión de Rafe sobre el mercado rural, lo cierto era que la idea había recibido mucha aceptación en el pueblo. A la mañana siguiente cuando Maggie salió de su cabaña, se encontró con un grupo de mujeres que esperaban para hablar con ella. Entre ellas estaba Fannie Congreve.

—Buenos días, Maggie —le dijo a modo de portavoz—. He traído a los niños mayores para que les eches un vistazo, pero mientras saludan a

Louisa, quería presentarte a algunas de mis amigas.

Después de presentárselas, una de ellas le dijo:

—Ha sido muy amable al ayudarnos. Sabemos que no tenía por qué hacerlo.

Maggie negó con la cabeza.

—No os he dado nada a lo que no tuvieras derecho.

—Pero no tenías por qué hacerlo tú —reconoció Fannie—. Podríamos haber esperado a la siguiente visita de la furgoneta. Pero la verdad es que has llegado como caída del cielo, sobre todo para los niños, y precisamente pensando en ellos nos hemos dado cuenta de que es hora que hagamos algo con el pueblo.

—A Fannie se le ocurrió lo del mercado rural, pero nunca hicimos nada —dijo una tercera mujer—. Pero ahora hemos decidido formar un comité para decidir si realmente podríamos hacerlo.

—Y, por supuesto, nos encantaría contar con tu ayuda.

—Muchas gracias —dijo Maggie—. Os ayudaré en todo lo que pueda.

—Sería mejor si vivieras aquí… —mencionó Fannie—. Pero como no es así.

—No, no es así.

—Pero…

—Podrías pensarlo —añadió Fannie guiñándole el ojo a su nueva amiga.

Así fue como nació el Comité de las Tierras de Cultivo de Primrose. En cuanto se corrió la voz, el comité pasó de tener cuatro integrantes a dieciséis y se fijó una reunión para hablar de la viabilidad del mercado rural para el siguiente martes. Cuando Maggie llegó sólo quedaba lugar para estar de pie… o junto a Rafe.

Parecía que nadie se hubiera atrevido a sentarse a su lado en el último banco de la sala, y no era de extrañar con la expresión tan seria que invadía su rostro. Sin embargo Maggie sí se atrevió.

—¿Estás solo? —le dijo en tono amistoso—. Pensé que todo esto habría atraído la atención de Amos.

—Está en casa de los Congreve, así podemos compartir niñera —le explicó Rafe sin mirarla siquiera.

Por mucho que Maggie lo intentara, Rafe no apartaba la vista del estrado del salón de actos del colegio. También era imposible adivinar lo que opinaba de lo que escuchaba. Maggie sabía que una palabra en contra por su parte podría dar al traste con las ilusiones del pueblo. Pero Rafe no decía nada; se quedó allí sentado en silencio mientras los presentes lanzaban todo tipo de ideas sobre el mercado, y había tantas que eran casi las diez de la noche cuando la reunión llegó a su fin.

—Este mercado lo cambiará todo —auguró Rafe mientras caminaban juntos hacia el motel.

—Rafe —dijo ella al oír la preocupación que

había en su voz—, Primrose lo necesita. La verdad es que necesita el mercado y mucho más. Pero sobre todo, el pueblo te necesita a ti.

—¿A mí?

—¡Sí! ¿Es que no te has dado cuenta de cómo te miraba todo el mundo para ver qué pensabas? ¡Buscan tu aprobación!

—No la necesitan.

—Puede que no la necesiten, pero la quieren porque, te guste o no, eres un punto de referencia para ellos. Les importa tu opinión al respecto y, si dieras tu bendición al proyecto, se dispararía como un cohete.

—Primrose necesita algo más que un mercado rural.

—Todo el mundo lo sabe, pero al menos es un comienzo.

—¿Y cuál es tu papel en todo esto, Maggie? —le preguntó por encima del crujir de las hojas bajo sus pies.

—No tengo ningún papel. Yo sólo estoy aquí de paso, pero si mientras estoy aquí puedo ayudar en algo, me alegro.

—Maldita sea, Maggie, ¿podrías contestarme claramente?

—Es lo que estoy haciendo. ¿Es que no puedes aceptar un poco de ayuda desinteresada?

—No es la primera vez que alguien llega a Primrose y cree que puede arreglarlo todo, pero después nadie se queda. Cuando se cansan de quitar nieve ocho meses al año y de que no haya que-

so ahumado en el supermercado, vuelven corriendo
a sus restaurantes y a sus centros comerciales…
¡Malditos centros comerciales! Déjame que te diga
algo, doctora, has dado falsas esperanzas a la gente
del pueblo, pero no serás tú la que pague las conse-
cuencias, ¡seremos nosotros!

—¿Qué te hace pensar que soy tan insensible?
—espetó Maggie.

—Quizá no sea ésa tu intención, pero el resultado será el mismo.

Maggie no encontraba las palabras con las que
borrar el dolor que veía en su mirada, y resultaba
muy frustrante. Siguiendo un impulso, le echó los
brazos al cuello. Rafe intentó apartarse, pero ella
se aferró con fuerza.

—¿Esto es uno de tus trucos, doctora?

—Voy a besarte, Rafe Burnside, porque parece
que contigo las palabras no sirven de nada.

—Te he escuchado, Maggie. Eres tú la que no
me escucha a mí.

Pero entonces fue él quien la besó, y lo hizo
con tal pasión y abandono que Maggie tuvo la
sensación de que acababa de descubrir algo.
Aquél era el verdadero Rafe, el hombre que la hacía soñar con cosas que no debería desear. Maggie
hundió los dedos en su cabello y se sumergió en
su aroma, en el sabor de su boca…

—Ven conmigo a la cabaña —susurró ella.

Rafe la soltó de golpe.

—No puedo, Maggie. Me encantaría, pero tengo que ir a buscar a Amos.

Maggie sintió que le ardía la cara de la vergüenza.

—Lo entiendo —dijo apartándose de él—. Yo... no sé en qué estaba pensando.

—Vamos, Maggie, no pongas esa cara. Me quedaría si pudiera. Y no digas que no sabías en qué estabas pensando, porque yo estaba pensando exactamente en lo mismo.

—Sí, claro —murmuró ella. «Es la historia de mi vida».

Capítulo 8

A JUZGAR por el reducido número de personas que acudían a la consulta, Maggie decidió que tenía que volver a salir a la carretera. Así pues, a la mañana siguiente se metió en la furgoneta armada con su maletín y el mapa que le había hecho Louisa para que pudiera encontrar las granjas de las familias a las que quería visitar. La verdad era que se alegraba de tener la oportunidad de seguir explorando el paisaje de los alrededores de Primrose; era su parte preferida del trabajo. Siempre y cuando tuviera el depósito lleno, no le importaban las horas de soledad al volante.

El mapa de Louisa resultó ser completamente certero, por lo que no le costó ningún trabajo encontrar a la primera familia, que la recibió con los brazos abiertos, pues ya se habían enterado de su presencia en el pueblo. Maggie examinó a los niños y, al ver que la madre estaba embarazada, se ofreció a examinarla a ella también, pero después de haber parido a tres preciosos hijos en casa, la mujer no veía la necesidad de que ningún médico participase en su gestación. Maggie lo aceptó sin discutir, pero decidió averiguar quién era la matrona del pueblo.

La segunda cita estaba muy cerca de allí, y también la tercera; la cuarta sin embargo resultó más difícil de encontrar. Para cuando por fin consiguió llegar a la casa y realizar la visita, el sol estaba ya muy alto y el calor apretaba. Fue entonces cuando vio un arroyo algo apartado de la carretera y pensó que era la solución a su dolor de cabeza y al calor. Y así fue, después de un refrescante baño que consiguió que volviera a sentirse persona, se vistió y se sentó a comer un sándwich en la orilla, con la espalda apoyada en un árbol. Estaba pensando que aquello era un verdadero placer cuando debió de quedarse dormida.

—¿Estás despierta?

Maggie abrió los ojos y se encontró con Rafe Burnside, agachado junto a ella.

—Ahora ya sí. ¿Cómo me has encontrado?

—Fue muy fácil. Pasé por casa de Louisa y ella me dijo las granjas que ibas a visitar. ¿Qué haces aquí sola? ¿Es que no te dan miedo los osos?

—¿Osos? —repitió con inseguridad.

—Y linces. Deberías tener cuidado a la hora de escoger el lugar en el que echarte la siesta.

—Gracias por el consejo —dijo con un estremecimiento—. Alguien me habló de este camino por la montaña porque se podría hacer una pista de esquí, y se me ocurrió investigar un poco.

—Has hablado con Jim Ransom —adivinó Rafe con gesto de desaprobación—. Lleva años dándole vueltas a esa idea de la pista de esquí. Ten cuidado con él, es un inconsciente.

—¿Por qué debo tener cuidado? —Rafe tenía demasiadas reglas.

—Porque es un egoísta y con ese proyecto sólo busca ganar dinero.

—Como todo el mundo, ¿no crees?

—Hay cosas más importantes que mejorar la situación de Primrose. Creo que no tengo ninguna objeción contra el mercado rural, pero la montaña es mucho más importante. El campo nos permite vivir de él siempre y cuando lo respetemos. ¿Sabes cuántas pistas de esquí hay de aquí a Maine? Probablemente más de cien. No necesitamos otra, y se lo he dicho miles de veces a Jim, pero no hace el menor caso.

Maggie no estaba muy convencida.

—¿Qué más daría que hubiera una pista más si eso ayudara a Primrose?

—Claro que daría —respondió Rafe pacientemente—. ¿No has pensado en todo lo que se necesitaría para abrirla? Accesos por carretera, alojamientos para los esquiadores...

—¿Sin embargo la idea del mercado no te parece mal?

—Para eso no hay que arrasar ninguna montaña. Sólo despejar una plaza y sacar unas mesas.

—¡Vaya, Rafe Burnside, has estado pensando! —exclamó Maggie riéndose.

—Y he llegado a la conclusión de que no es mala idea —admitió Rafe con cierto rubor en las mejillas—. Pero un mercado rural no es lo mismo que una pista de esquí con su hotel incorporado... Por tu cara veo que Jim no te mencionó lo del hotel. ¡Claro! Eso es lo que pretende. Piensa en todo lo que habría que hacer para construir un hotel; habría que hacer las instalaciones de agua, electricidad... y no creo que todo eso hiciera ningún bien a la montaña. ¿Estás escuchándome, Maggie?

—Tienes razón —reconoció con un suspiro—. No, el señor Ransom no me dijo nada de eso. Pensé que la gente podría venir a pasar el día simplemente.

—Eso es imposible por aquí —le dijo con una sonrisa al tiempo que le agarraba la barbilla—. Una vez que tenemos a alguien, no lo soltamos. Escucha, doctora, no he venido hasta aquí a discutir contigo. Tenemos un asunto pendiente, ¿te acuerdas? —le preguntó con gesto provocador.

—Ah, ¿sí? —Maggie frunció el ceño.

—Sí —le apartó el pelo de la cara y le dio un beso en la frente.

Rafe se tumbó junto a ella y la animó a que se acercara más a él, cosa que a ella no le costó ningún trabajo. Maggie se acurrucó junto a él, apoyando la cabeza en su hombro. Estuvieron así un rato, hablando tranquilamente. Ella tenía los ojos cerrados y casi no se dio cuenta cuando Rafe empezó a acariciarle el cuello.

Con delicadeza empezó a explorar su hombro, bajó por el escote de la blusa hasta llegar al pecho. Maggie reaccionó de inmediato a su roce, deseaba más, deseaba que la tocara de verdad, que saboreara sus pechos. No podía seguir fingiendo que quería que parara, nunca había querido tal cosa. «Sí, tócame», suspiró, invadida por el deseo.

Rafe debió de oír sus pensamientos porque, uno por uno, le desabrochó los botones de la blusa hasta que Maggie pudo sentir la brisa fresca en la piel. Lo vio sonreír mientras le abría la camisa y miraba con gran interés lo que había debajo. Bajó la cabeza para apoyar la mejilla en su pecho y sonrió al sentir que Maggie se estremecía.

—Qué sensibilidad —murmuró él mirándola a los ojos—. Me gusta —ella se apretó contra él—. Sí —susurró Rafe—. Yo a ti también te deseo. ¿Quieres ver cuánto te deseo? —le agarró la mano y se la llevó hasta la entrepierna, donde pudo sentir el bulto que había bajo el pantalón.

Estaba duro. Maggie sintió un escalofrío de impaciencia. La deseaba tanto como ella a él. Podía notar su propia humedad, cómo su cuerpo reaccionaba ante Rafe, preparándose para él. Él ya parecía estar completamente preparado.

Encontró la cremallera del pantalón y se la bajó muy despacio. Sintió el calor de su piel en la mano a través de la tela de los calzoncillos y, cuando la coló por debajo del elástico, pudo descender por su vientre. Tenía el pene duro y húmedo. Sí, él también estaba preparado.

—¡Para, Maggie! —susurró Rafe apartándose un poco—. Si sigues haciendo eso, no te serviré de mucho —añadió con una sonrisa.

En un abrir y cerrar de ojos, Rafe se quitó la camiseta y los pantalones para después desnudarla también a ella. Al sentir su cuerpo sobre sí, Maggie le rodeó la cintura con las piernas. Rafe comprendió de inmediato su necesidad y entró en ella muy despacio, dejando que se ajustara a él. Pero estaba tan mojada que sólo fueron necesarios unos segundos.

Rafe tuvo que controlarse para no acabar demasiado rápido, pero entre sus brazos, no pudo evitar tener la sensación de estar en casa, en el lugar que le correspondía. Abrió los ojos y la miró fijamente. «Gracias», pensó mientras la besaba con ternura, y esperó que ella pudiera entender el mensaje de su mirada. La sonrisa de sus labios le dio a entender que así era, y entonces empezó a moverse; su hermoso cuerpo era un verdadero tormento imposible de soportar por mucho más tiempo.

—Si sigues moviéndote así, Maggie —apenas podía hablar—... tendremos que hacerlo otra vez.

—Sí —dijo ella riéndose—... otra vez.

Entonces el mundo comenzó a girar a su alrededor y se deshicieron el uno en brazos del otro. Después se derrumbaron juntos sobre el lecho de hojas. Y allí, en mitad de ninguna parte, perdida en aquella frondosa montaña, Maggie supo con certeza que estaba enamorada.

Debió de quedarse dormida porque lo siguiente que notó fue una mano en su mejilla. Se apoyó en ella de manera instintiva, pero la mano se deslizó hasta su cuello y tiró de ella. Rafe la besó en la boca e hicieron el amor de nuevo.

Más tarde, mucho más tarde, cuando ambos dormitaban a la sombra de un árbol, con la pierna sobre las suyas y la mano en su pecho, Maggie se preguntó qué estaban haciendo. No quería preguntárselo a Rafe. Y no sería necesario hacerlo porque se marcharía muy pronto, a pesar de que, por fin, creía en el amor a primera vista.

Maggie no dejaba de dar vueltas a su incipiente relación con Rafe y empezaba a cuestionarse la idea de marcharse de Primrose, pero no quería que lo estaba pasando entre ellos, ni lo que pudiera pasar, afectara a su decisión.

Cuanto más pensaba en abrir una consulta en el pueblo, más cuenta se daba de que era lo que debía hacer. De todos modos, buscó el consejo de Louisa.

—¡Eso sería maravilloso! —exclamó Louisa Haymaker en cuanto escuchó la idea, pero después sorprendió a Maggie con una duda—. Aunque… deberías pensarlo bien, Maggie. ¿Crees que te adaptarías a tanto cambio? Esto puede llegar a ser muy solitario en invierno.

—Por eso quería pedirte consejo. Tú ya sabes lo que es vivir aquí. Yo tampoco tengo familia por lo que quizá mi experiencia fuera parecida a la tuya. Aunque tú naciste aquí y todo el mundo te quiere y te cuida.

—Es cierto. Estas piernas… —dijo frunciendo el ceño—. A veces no puedo ni bajar las escaleras, aunque ahora que tú me las estás cuidando están mucho mejor. ¿Ves? Tú también me cuidas y todo el mundo habla muy bien de ti ya, así que no creo que tengas por qué preocuparte en ese sentido.

—Pero dime tú qué piensas —le suplicó Maggie—. Dime qué debo hacer.

Louisa la observó detenidamente.

—¿Eres tan infeliz en Boston?

Aquella pregunta hizo que se parara a pensar.

—No es que sea infeliz… pero podría ser más feliz. Son pequeñas cosas, aunque esas pequeñas cosas acaban convirtiéndose en las más importantes. Por ejemplo, siempre he querido tener un jardín y espacio para poder pintar, pero en mi apartamento no puedo ni poner el caballete. También tengo un torno de alfarería que nunca he podido utilizar y…

Louisa sonrió con ternura.

—Me parece que sabes lo que quieres hacer sin necesidad de que yo te lo diga.

Maggie sonrió también.

—Puede ser.

—Quizá sólo necesites un empujoncito.

—Quizá.

—¡Pues cuentas con mi voto! —anunció riéndose.

En cuanto tuvo oportunidad, Maggie fue a visitar el nuevo hospital de Bloomville con la idea de presentarse al personal médico y asegurarse de que no se entrometería en el trabajo de nadie si abría la consulta en Primrose.

Lo primero que le llamó la atención allí fue el buen ambiente que se respiraba entre los trabajadores y lo agradable que era todo el hospital. En cuanto se presentó en el mostrador de información, todo el mundo la saludó con amabilidad y enseguida llegó un médico que le ofreció enseñarle las instalaciones.

—Soy Peter Messer —le dijo tendiéndole la mano—. Estas hermosas damas pueden dar fe de que hago las mejores visitas guiadas del hospital —dijo señalando a un grupo de enfermeras.

—Pero tenga cuidado —le advirtió la jefa de enfermeras con una carcajada—. También es un bromista.

—Muchas gracias, Amy —respondió Messer—. Si me espera unos minutos, la acompañaré a ver todo lo que le interese.

—Encantada —dijo Maggie con total sinceridad—. Mi intención era sólo echar un vistazo y quizá hacer algunas preguntas, pero es una verdadera suerte que quiera enseñarme el hospital.

Maggie sabía que aquel hospital sería su primer destino si había algún tipo de emergencia en Primrose, por eso hizo tantas preguntas que la visita guiada de Peter duró más de una hora. Después fueron a la cafetería a comer.

—Es un hospital magnífico… —resumió Peter— excepto por la comida —añadió riéndose.

El doctor Peter Messer debía de tener treinta y tantos años y era un hombre alto y de aspecto desaliñado. Por eso a Maggie le sorprendió tanto que fuera cirujano.

—Eres una de esas personas que creen que los cirujanos siempre tienen que ir con traje y corbata —le dijo al ver que Maggie se fijaba en sus vaqueros y en su camiseta estampada con un dragón—. La verdad es que cuando llegué aquí muchos pensaban lo mismo que tú, pero han acabado acostumbrándose a mi estilo. Además, siempre llevo las manos muy limpias.

Maggie se echó a reír, cosa que él no dejaba de hacer. Lo cierto era que tenía unas manos bien cuidadas y completamente impolutas, propias de un cirujano.

—Me has convencido —aseguró Maggie con la certeza de que podría hacerse buena amiga de aquel hombre.

—También hago las mejores barbacoas —añadió él—. Así que si vienes por aquí algún domingo, podrías conocer al resto de médicos y enfermeras.

—Gracias por la invitación.

—Siempre está bien tener a una mujer guapa en una fiesta. Pero si te digo la verdad, Maggie, lo hago por motivos totalmente egoístas. Si me preguntas si encontrarás competitividad aquí, te diré que nunca hay suficientes médicos para atender esta zona. Cuando nos enteramos de que la furgoneta del servicio móvil no había acudido a Primrose, intentamos reunir un equipo que pudiera ir allí unos cuantos días, pero era imposible encontrar sustitutos para que se quedaran aquí. Todos estamos muy ocupados. Yo, por ejemplo, soy cirujano, pero también hago turnos de noche y fijo las operaciones de manera que me permitan seguir ayudando y no suponer una carga para los demás. Así que, sería un alivio tener una nueva doctora.

—Espera, Peter —se apresuró a decir Maggie—. Te lo agradezco mucho, pero mi idea no es trabajar aquí, sino abrir una consulta en Primrose.

Peter se quedó boquiabierto.

—¿Lo dices en serio? Estarías completamente aislada. No me malinterpretes —dijo al ver su cara—. Las Montañas Blancas son preciosas, pero en Primrose tienen fama de estar tan preocupados por la ecología, que no se puede ni cortar un árbol sin tener un permiso municipal. No tienen mejores carreteras porque no las quieren, ni quieren a los turistas que llegarían allí si resultara más accesible.

—Eso he oído —dijo Maggie pensando en Rafe.

—¿Lo conoces bien, Maggie?

—He pasado allí algún tiempo y creo que podría gustarme. Estoy acostumbrada a vivir sola y
no estoy casada ni tengo hijos, así que no tengo
que preocuparme por eso.

—Escucha, yo tampoco tengo familia, pero me
gusta tener compañía de vez en cuando. Maggie,
puede que pienses que te gusta estar sola, pero en
Boston si quieres ver a alguien, sólo tienes que
llamar a algún amigo y salir a cenar o al cine. En
Primrose, olvídate del cine y de los restaurantes.
Y más vale que te guste leer porque la señal de televisión deja mucho que desear. Si apareciera algún instalador de televisión por cable, le dispara-
rían a matar.

Maggie se echó a reír.

—La verdad es que no veo mucho la tele, pero
te agradezco el aviso.

Peter meneó la cabeza.

—Como tú quieras, Maggie, pero haz una
cosa. ¡No firmes un contrato de alquiler de más
de un año!

Capítulo 9

AL día siguiente, Maggie llamó a la central de la Clínica Móvil para contarle sus planes a su supervisor. La idea no le hizo mucha gracia, estaba seguro de que tendría éxito, pero no quería prescindir de una médica tan buena como ella. Le preguntó varias veces si lo había pensado bien, si no estaría siendo demasiado impetuosa, y cuando Maggie le dijo que estaba segura de lo que hacía, le dijo que podría volver cuando quisiera y que la echarían de menos.

Pero, al colgar el teléfono, Maggie no pudo evitar preguntarse quién iba a echarla de menos realmente. Al principio de trabajar allí, todo había sido genial. Después de pasar semanas en la carretera, todos los compañeros solían reunirse a cenar y a compartir historias de sus viajes. Pero de pronto todos habían empezado a casarse y a tener hijos y las reuniones eran cada vez más multitudinarias y ruidosas. Por mucho que lo intentara, Maggie cada vez disfrutaba menos de aquellos encuentros y pronto había empezado a buscar excusas para rehusar cualquier tipo de invitación. Muchas veces había pensado que quizá todo habría sido diferente de haber tenido un marido que la acompañara.

Unas Navidades había tomado la decisión de comprarse un billete de avión y pasar las vacaciones en la playa para variar. La idea le había parecido divertida y agradable, pero al llegar allí se había encontrado en la playa rodeada de familias. En Nochebuena había cenado en la habitación del hotel… y había vuelto a casa al día siguiente.

Solía pensar que cuando se casara y formara su propia familia, encajaría mejor en ciertos lugares, pero no se había casado. Después había pensado en comprarse una casa, pero por unos motivos u otros nunca había llegado a hacerlo. No recibía demasiadas visitas, no sabía cocinar y ni siquiera tenía una vajilla completa. A menudo le echaba la culpa a su estilo de vida, pero lo cierto era que no había tenido un verdadero hogar desde la muerte de su padre, y tampoco había deseado tenerlo. Nunca había conseguido llenar el vacío que había dejado su padre, un vacío que sentía aún con más fuerza en los últimos tiempos.

Ahora de pronto tenía ocasión de hacer algo

con su vida, y cada vez veía más claro que mudarse a Primrose era una oportunidad que podría no volver a aparecer.

Después de su conversación con Louisa, Fannie Congreve la llamó para decirle que le parecía una magnífica idea que fuera a quedarse en Primrose y que la ayudaría en todo lo que necesitase. Inmediatamente, resultó que una amiga de Fannie también se había enterado de algún modo, y la llamó para ofrecerle la casa de su madre. Era una casa vieja que llevaba vacía cinco años, pero había espacio para una consulta y estaba en el centro del pueblo. Habría que hacer algunos arreglos de carpintería, bueno, más bien muchos, y quizá darle una buena mano de pintura, pero era suya si la quería... y no tendría que pagar el alquiler en todo un año.

Maggie no pudo resistir la curiosidad y fue a ver la casa. Tal y como había dicho Molly Bernardi, necesitaba desesperadamente una mano de puntura y nadie parecía haber cuidado del jardín en los últimos cien años. A Maggie le encantó. Aceptó la oferta de Molly ese mismo día y puso en marcha todos los preparativos para trasladarse lo antes posible. Contrató un servicio de limpieza de Bloomville para que hicieran que la casa resultara habitable, pero no necesitó llamar a nadie más porque, al enterarse de que iba a quedarse, la gente de Primrose se ofreció a ayudarla en todo; unos hombres insistieron en arreglarle la instalación eléctrica y nivelar el suelo del porche. Por otra parte, se organizó toda una cuadrilla para ayudarla a pintar. Ya se encargaría de hacer obras más serias si decidía quedarse más de un año, por el momento se arreglaría con eso.

Entre unas cosas y otras, Maggie buscó un rato para pasear por la calle principal del pueblo. Resultaba deprimente ver la cantidad de tiendas abandonadas que había, pero Maggie creía que, con buenas ideas y organización, aún era posible volver a poner Primrose en los mapas. Había muchas dudas que habían acobardado a cualquiera que no fuera tan optimista como ella, pero Maggie veía los locales vacíos e imaginaba lo que podrían ser; pastelerías, escuelas de artesanía y tiendas donde vender dicha artesanía…

El entusiasmo de Rafe no era tan evidente, pero eso no supuso ninguna sorpresa. Acababa de sentarse en su cabaña a organizar la lista de cosas que debía hacer cuando llamó a la puerta.

—He oído decir que estás pensando en abrir una consulta en Primrose.

—Hola, Rafe, yo también me alegro de verte —bromeó Maggie con ironía nada más abrirle la puerta.

—Perdona… hola. ¿Es cierto? —preguntó él de inmediato.

—Sí. He estado dándole vueltas y…

Pero Rafe no la dejó terminar.

—No irás a hacerlo por mí, ¿verdad?

—¿Por ti? —repitió Maggie, desconcertada—. ¿Qué quieres decir?

—Ya sabes… tú y yo…

—Reconozco que eres un atractivo añadido —admitió Maggie—. Pero no eres el único motivo, ni tampoco el más importante. Puede que sea porque siento que me estoy haciendo mayor, el caso es que necesito sentar la cabeza, vivir en una casa e incluso tener una huerta —dijo, pensativa.

—¿Qué sabes tú de horticultura? —preguntó Rafe con evidente impaciencia.

«¡Gracias por el voto de confianza!».

—Nada —dijo ella—. Así que empezaré con cosas sencillas.

—¿Y si las cosas no salen bien?

Maggie respiró hondo, pues sabía que no tenía nada que hacer si Rafe tenía ánimo de discutir.

—Entonces volveré a Boston.

—Me refería a nosotros.

—¿Es que hay un *nosotros*? Nunca hemos hablado de ello.

—Pues… sí, bueno, tienes razón, pero…

—Escucha, Rafe, la verdad es que le conté a Louisa que estaba pensando abrir una consulta aquí y de pronto me llamó Fannie para animarme a hacerlo. Luego me llamó Molly Bernardi para ofrecerme la casa de su madre. Entre tanto, un doctor del hospital de Bloomville se ha ofrecido a ayudarme a poner en marcha la consulta. Voy a parecer Fannie, pero lo cierto es que todo parece… cosa del destino. Así que llamé a la oficina para ver cuánto tiempo libre podía tomarme y resulta que tengo derecho a todo un año sabático. Y alquilé la casa de Molly Bernardi con derecho a compra si me gusta cómo va todo.

—No te creo.

—Hace mucho que te conté que había pensado en hacer algo así.

—Sí, pero pensé que era... sólo una conversación... nada serio.

—Me gusta Primrose y he decidido quedarme. Si crees que no me da miedo, deja que te diga que no consigo quitarme el nudo que tengo en el estómago desde hace días, pero me da la sensación de que es ahora o nunca. Ha llegado el momento de pensar en mí misma. Ya ves, mi decisión no tiene nada que ver contigo. Recuerda que no hay ningún *nosotros*.

—Vamos, Maggie, sabes perfectamente que después de lo que pasó la semana pasada, entre nosotros está pasando algo. No me importa cómo lo llames, pero creo que tengo algo que ver en todo esto. Lo único que quiero es que la gente no hable de mí. Quiero que pase lo que pase entre nosotros, sea privado.

—¿En un pueblo tan pequeño? —preguntó Maggie, sorprendida por su ingenuidad—. Es imposible que la gente no sepa si estamos juntos.

—No quiero ocultar nada —protestó Rafe—. Lo del otro día fue genial. *Todo* lo que ha pasado entre nosotros ha sido genial; hacía años que no sentía esto por una mujer. Pero no aguantaría que todo el mundo empezara a hacerme preguntas, y sé que eso es exactamente lo que ocurriría si alguien se enterase de que estamos juntos. Cuando Rose me dejó, la gente no dejaba de preguntarme por ella. «¿Por qué se ha ido… dónde se ha ido… va a volver?». ¡Como si yo lo supiera! Pero no lo sabía porque no tuvo la decencia de decirme que me iba a dejar o de dejarme una maldita dirección en la que localizarla. Las preguntas empezaron a ser tan insistentes que dejé de ir al pueblo.

Se derrumbó en una silla y miró a Maggie con gesto de cansancio y con la esperanza de que ella le diera algún tipo de explicación que hiciera las cosas más sencillas de entender.

Maggie lo miró también, sin saber cómo acercarse a él, pero por fin lo intentó.

—La gente habla, Rafe —dijo suavemente—. Es parte de la naturaleza humana. Pero tienes razón, la curiosidad de los demás puede llegar a resultar muy molesta, pero nada de lo que hagas conseguirá que no la sientan. Lo importante es cómo lo lleves. Por lo que he oído… sí, he oído la historia, parece que no llevaste muy bien el abandono de Rose. Todo el mundo dice que fuiste encerrándote más y más hasta convertirte en una especie de recluso. ¿Por qué? ¿Acaso pensabas que la gente del pueblo iba a reírse de ti o que te menospreciarían de alguna forma? Rafe, todos en Primrose te adoran, pero parece que no lo sabes, a juzgar por el modo en que les diste la espalda a tus amigos.

—Yo no les di la espalda. Estaba muy enfadado. Una día llegué a casa y vi que Rose no estaba… la casa estaba vacía, se había ido llevándose todas sus cosas, sólo me dejó una nota en la que me decía dónde estaba mi hijo… ¿Tan difícil es de entender que reaccionara así?

Maggie asintió.

—Eso lo comprendo, Rafe, pero… ¿siete años, Rafe? Louisa dice que te has convertido en una especie de ermitaño.

Rafe se quedó pensativo unos segundos.

—Supongo que se ha convertido en una costumbre, la verdad es que no me apetecía bajar de la montaña después de que Rose me dejara.

—¿Y Amos? ¿No era razón suficiente?

—Nunca supe muy bien qué hacer. Mucha gente se ofreció a ayudarme, había multitud de mujeres que se morían por cocinar para mí, limpiarme la casa o hacerme la colada… Puede que te parezca muy generoso, pero para mí fue agobiante. Yo sólo quería que me dejaran en paz. Era más sencillo llevarme a Amos a la huerta que complicarme la vida con otra mujer.

—Nada más lejos de mi intención…

Pero Rafe no oyó sus palabras, estaba demasiado confundido e inseguro sobre lo que quería. Por mucho que lo sintiera por él, Maggie sabía que aquello era el fin de algo que apenas había empezado, y lo aceptaba. Aunque eso no quería decir que no fuera a quedarse con la casa.

—Escucha, Rafe, no niego que siento algo por ti. La atracción es muy, muy fuerte, pero la verdad es que, si tuviera que elegir entre tú y tener

una casa, me quedaría con la casa. No voy a decir
que no sabía lo que estaba haciendo cuando me
acosté contigo, ni tampoco voy a decir que no
fuera increíble porque lo fue, pero mi perspectiva
ha cambiado. En las últimas semanas me he dado
cuenta de que aquí soy necesaria, y con Louisa
animándome a abrir la consulta, Fannie pidiéndome ayuda para poner en marcha el mercado y
Molly ofreciéndome esa casa, tengo la sensación
de que todo estuviera en su sitio. ¿No te parece?
Todo excepto tú… —dijo mirándolo a los ojos sin
parpadear—. Pero no pasa nada. Nada es perfecto.

Rafe se puso en pie de un salto, con los ojos
muy abiertos.

—¿Acabas de echarme de tu vida?

Aquella acusación la hizo palidecer, pero estaba decidida a ser fuerte.

—La puerta siempre ha estado abierta.

—Maldita sea, Maggie, no es esto para lo que
he venido, no es lo que quería que pasara.

—Yo creo que era exactamente lo que venías a
decir —dijo ella levantando bien la cara—. Probablemente deberíamos haber tenido esta conversación antes… no después —dijo con tristeza—.
Por muy atraídos que nos sintamos el uno por el
otro, lo cierto es que acabo de hacerte un gran favor. Ahora ya puedes volver a tu granja a ocupar-
te de tus manzanos sin que ninguna mujer se pon-
ga en tu camino.

—¡Para ya, Maggie! No soy el monstruo que

pareces creer que soy. Yo cuido de las cosas importantes. Amos… Louisa… cualquiera que necesite mi ayuda la tendrá.

—Mientras no se acerque demasiado, ¿no?

—Hasta que apareciste tú —asintió Rafe—. Me agarraste desprevenido.

—Y ahora no sabes qué hacer.

Rafe la miró con gesto esperanzado.

—Entonces lo entiendes.

—Perfectamente, pero eso no basta. Mi trabajo es ayudar a que la gente se enfrente a sus problemas, no a que huya de ellos.

—¡Yo no estoy huyendo! —protestó él—. No seas tan dura conmigo.

—Vamos, Rafe, no es una cuestión de ser dura. No puedo ser dura con un hombre del que estaba a punto de enamorarme. Tú también me agarraste desprevenida —sonrió con verdadero dolor—. Pero yo no soy de las que aman ciegamente, y no será la primera vez que las cosas no me salen bien con un hombre.

—Todo esto parece muy fácil para ti —replicó Rafe con rabia.

Sin darse cuenta, Maggie cruzó los brazos sobre el pecho y negó con la cabeza.

—No vas a hacerme daño, Rafe.

—¿Qué es lo que quieres, Maggie?

—Cuando nos conocimos, bromeamos sobre el baile de Cenicienta, pero la verdad es que hay un motivo por el que nunca he ido a ese baile, y es que nunca necesité un Príncipe Azul. Siempre he querido un hombre que supiese cuidar de sí mismo, no de mí. Yo me las arreglo muy bien sola, gracias. Quiero un hombre que me ayude a transformar mi casa en un hogar, no en un castillo. Pensé que ese hombre podrías ser tú, pero quién demonios soy yo para pensar algo así. Sólo porque hayamos… Tienes mucho en qué pensar antes de poder hacer algo así con ninguna mujer. Rafe, estás tan aferrado al pasado que no dejas lugar para nada más y mucho menos para el amor. Rose, o su recuerdo, es aún más importante para ti que lo que yo pudiera hacer por ti. Lo siento, Rafe, pero no puedo competir con un fantasma.

Rafe la miró como si acabara de darle una bofetada. Intentó hablar, pero no consiguió decir ni una palabra.

—Vete a casa, Rafe. Esto no había llegado a empezar siquiera, así que… ¿qué importa cómo termine?

Lo cierto era que los planes de Maggie habrían sorprendido a Rafe, pero no más que a ella misma. Lo que le había dicho sobre sus sentimientos hacia él era verdad, y sospechaba que también era real lo que Rafe sentía por ella. Suponía que era por culpa del miedo porque sin duda se había sentido amenazado al enterarse de que tenía intención de quedarse en Primrose. Pero Maggie no iba a dejar que aquello influyera en sus planes. Sin embargo, al cerrar la puerta a su espalda, sintió un vacío en el estómago.

Capítulo 10

MIENTRAS el servicio de limpieza ponía del revés la casa Bernardi y el pueblo reunía la cuadrilla para pintar, Maggie se marchó a Boston a arreglar todo el papeleo para formalizar la excedencia y para dejar el apartamento.

No llegó allí hasta última hora de la tarde, pero fue muy agradable entrar en la ciudad al atardecer y sintió nostalgia al ver las calles llenas de gentes. Eso no quería decir que fuera a cambiar de opinión en lo de mudarse a Primrose, pero había vivido toda su vida en la ciudad y era lógico que le resultara atrayente. No obstante, en cuanto entró a su apartamento y lo vio vacío y lleno de polvo, con la nevera también vacía y sin mensajes en el

contestador, supo que había tomado la decisión
adecuada. No se había dado cuenta de lo aislada
que estaba hasta que lo vio reflejado en las paredes desnudas.

Después de pedir algo de comida caliente a un
restaurante chino que había cerca, Maggie se dio
una ducha, se puso el pijama y se tumbó frente al
televisor. Al día siguiente haría inventario de todo
lo que quería llevarse a Primrose y de aquello que
donaría al Ejército de Salvación. Muchas cosas
tendría que mandarlas a Primrose con un servicio
de mudanzas; le hizo sonreír la idea de tener que
dar indicaciones muy claras a los del transporte
para que pudieran encontrar el pueblo. Pero quizá
fuera el primer paso en su misión de llevar Primrose al siglo XXI.

A la mañana siguiente fue a la Clínica Móvil
de Nueva Inglaterra a hacer todo el papeleo, de-
volver la furgoneta y despedirse de todo el mundo, pero el proceso no le llevó mucho tiempo. La
tarea más difícil le esperaba en el hospital, donde
tendría que dejar su pequeña consulta a otro médico, aunque en realidad ya había hablado de ello
con el director y no le había puesto ningún problema. Una vez solucionado eso, subió a la quinta
planta, donde se encontraba su despacho, que era
pequeño pero albergaba algunas cosas que quería
conservar, como dibujos de sus pacientes más jóvenes y tarjetas de agradecimiento de otros. Nunca se había molestado en decorar aquel despacho,
pero de todos modos le tenía cariño; seguramente

no podría volver a ver el color mostaza sin acordarse de las paredes de aquella habitación en la que había pasado tantas horas estudiando las historias de sus pacientes y donde había llegado a memorizar el patio gris que tantas veces había visto por la ventana sin cortinas mientras decidía un tratamiento o lamentaba la muerte de algún paciente. «¡Deja de pensar en eso!», se dijo a sí misma. «Tú no eres ninguna sentimental, nunca lo has sido, así que mete tus cosas en las cajas y sal de aquí».

Así que eso fue exactamente lo que hizo durante las siguientes dos horas, hasta que el despacho quedó completamente vacío y estuvo lista para marcharse. Le sorprendió lo tranquila que se sintió al ver todo recogido y guardado en cajas. Para ser sincera, aquel edificio gris en el que tantos años había trabajado no albergaba demasiados recuerdos al margen de las historias de sus pacientes. Eso lo echaría de menos, por supuesto, pero esperaba tener pronto nuevos pacientes con nuevas historias para reemplazarlas. En cualquier caso, se alegraba de poder marcharse del hospital rápido y con tranquilidad; quizá cambiara de opinión si se paraba a pensarlo demasiado. Al fin y al cabo, estaba poniendo fin a una larga etapa de su vida y eso resultaba abrumador.

Afortunadamente no había mucha gente de la que despedirse. La mayoría de sus amigos estaban de vacaciones, por eso le sorprendió ver a una de sus mejores amigas cuando iba camino del coche

por cuarta vez, y le sorprendió aún más verla sentada en una silla de ruedas con una pierna escayolada.

—¡Jody!

—¡Maggie! ¿Dónde demonios te has metido?

—En New Hampshire.

—¿Cuándo has vuelto? ¿Por qué no me has
llamado? Pensé… todos pensamos que… la verdad es que nadie sabía qué pensar. Un día incluso
fui a hablar con el director y me dijo que estabas
bien, pero… ¿por qué no contestabas al teléfono?

—Siento haberte preocupado. Allí no hay mucha cobertura. La verdad es que he estado escon-
dida en un pequeño pueblo de las Montañas Blancas. Pero ¿y a ti qué te ha pasado? —le preguntó
Maggie señalándole la pierna.

—Me da vergüenza contártelo —admitió con
el rostro sonrojado—. Hace tres semanas me tro-
pecé con un carro y me caí aquí mismo en el servicio de urgencias mientras estaba trabajando.

Maggie sonrió.

—Bueno, si tienes que romperte una pierna, no
creo que haya un sitio mejor que éste.

—Supongo que sí —asintió Jody—. Todo el
mundo me cuidó muy bien… cuando dejaron de
reírse.

—¿Se rieron?

—Debió de ser divertido y, claro, nadie sabía
que me había hecho tanto daño.

—Pobrecita.

—Aún no has oído lo peor —dijo riéndose—.
Era un carro de comida, y el postre era gelatina de

fresa, tan roja como se me quedó a mí la cara cuando dejé de resbalarme y aterricé con el trasero. Tuvieron que ponerme un clavo para colocarme el hueso. Así que aquí estoy, con tres semanas de baja por delante. Vengo uno o dos días por semana para ayudar como voluntaria en la biblioteca porque no sabes lo aburrido que es estar en casa.

—Si te hubieras casado con Matthew Danforth cuando te lo pidió, ahora tendrías un marido y quizá unos cuantos hijos que te tendrían entretenida.

—¡Por eso no me casé con él! —exclamó Jody riéndose—. Maggie, sabes perfectamente que no tengo instinto maternal. El trabajo es mi vida y me gusta que sea así. Me alegré mucho el año pasado cuando Matt se casó con Penny, y la verdad es que fue un alivio para mí porque me sentía muy culpable por haberlo rechazado. Y fíjate, nueve meses después ya tenían gemelos. Me alegro mucho por ellos y por mí.

Maggie acompañó a su amiga hacia el ascensor.

—Pero cuéntame tú —su amiga se fijó entonces en la caja que Maggie llevaba en las manos—. Me parece que tienes algo que contarme.

Maggie se echó a reír.

—Es una historia muy larga, ¿qué te parece si te invito a cenar y charlamos tranquilamente?

—¿Tú invitas? Entonces encantada —bromeó.

Una hora más tarde, Maggie y Jody estaban

sentadas en un restaurante esperando que les llevaran la comida y, mientras, Maggie le contó todo lo sucedido durante el verano. No mencionó demasiado a Rafe; siempre era mejor que guardarse para una las historias de amor sin final feliz.

—¿Cuándo puedo verte? —le preguntó Jody al final del relato que había escuchado sin parpadear ni interrumpir una sola vez.

—¿Dónde? —preguntó Maggie, confundida—. Me marcho dentro de unos días.

—¡En Primrose, tonta! Has dicho que necesitabas ayuda, y yo no tengo que trabajar hasta dentro de tres meses. Ya te he dicho que estoy muerta de aburrimiento. Primrose y tu enorme casa nueva suenan a aventura… —al ver el gesto de sorpresa de su amiga, Jody reculó de inmediato—. Tranquila, sólo era una idea…

Maggie le agarró la mano que tenía en la mesa y se la apretó con cariño.

—Me encantaría estar acompañada por una amiga y, si eres tú, mucho mejor. Pero, ¿lo dices en serio? Te advierto que es un pueblo muy pequeño y algo primitivo, y no me refiero sólo a la casa.

Pero Jody parecía decidida.

—Mientras haya agua caliente, yo estaré bien.

—Sí que hay agua caliente, lo que no hay es pizza —añadió Maggie riéndose.

—Eso sí que es un problema… bueno, me llevaré un buen cargamento de pepperoni, aunque no será lo mismo.

—Yo tenía pensado plantar albahaca.

—Entonces está decidido. Tengo algunas cosas que resolver aquí, pero estaré allí dentro de una semana… si es que encuentro tu pequeño pueblo.

Maggie también tenía algunas cosas más que resolver antes de poder marcharse. Pasó los días siguientes ultimando el envío de sus pertenencias a Primrose, hablando con el casero y cancelando todos los contratos de la casa. El último día se despidió de sus vecinos y, antes de que pudiera darse cuenta, estaba de nuevo en la carretera con el coche lleno de cajas y Jody siguiéndola en el suyo.

Al llegar a Primrose tuvo la extraña sensación de estar de vuelta en casa. En cuanto vio la casa sonrió con alegría. Y con sorpresa. La transformación era impresionante. Habían lijado y pintado la fachada de amarillo claro con los marcos de la ventana en blanco y una puerta roja completamente nueva les daba la bienvenida. El jardín seguía sin tener un aspecto muy sano, pero ahora la hierba estaba cortada y todo estaba limpio.

—Me gusta —declaró Jody observando la casa junto a su amiga.

—No tienes idea de cómo estaba antes.

En el interior el resultado era igualmente satisfactorio. El servicio de limpieza había hecho un buen trabajo y la gente del pueblo la había pintado de blanco y había colocado interruptores nuevos que funcionaban a la perfección. La casa no parecía nueva, pero era un buen comienzo por el que tenía que darle las gracias a todo el pueblo, a juzgar por la cantidad de trabajo que habían hecho en sólo una semana.

—Estoy impresionada —dijo Jody mientras examinaban la primera planta.

—Yo también. Tendrías que haber visto cómo la dejé. Es un pequeño milagro.

—Está muy bien y estará mejor cuando esté amueblada.

—Por eso no te preocupes, Caraway, nuestra primera obligación es ir de compras. Pero ahora deberías irte a la cama —le sugirió al ver la cara de cansada que tenía—. Ya tendremos tiempo de descargar los coches mañana. La habitación de invitados es la segunda puerta de la derecha del piso de arriba.

Jody no protestó porque, aunque no era de las que se quejaba, era evidente que le dolía la pierna, lo reflejaban las sombras que le habían salido bajo los ojos.

—Estoy deseando ir de compras.

—Ahora duerme, tienes que ver Primrose llena de energía, créeme; yo lo hice en la situación completamente opuesta y no te lo recomiendo —añadió recordando su difícil llegada al pueblo—. Ah, Jody… gracias por venir.

Maggie estaba guardando algunas medicinas que no quería dejar en el coche, cuando oyó la puerta del jardín y se acercó a la ventana a ver quién era. Al ver a Rafe cruzando la hierba recién cortada, fue a la puerta y abrió antes de que él pudiera llamar.

—¡Rafe! No te esperaba.

—¿Quieres que me vaya? —preguntó, agarrando el sombrero con nerviosismo.

—No seas tonto —respondió ella con una sonrisa—. No quiero enemistarme con nadie antes incluso de deshacer las maletas. Los dos estábamos muy tensos la última vez que hablamos y, si te soy sincera, no me gustó marcharme así. Pasa, por favor. Sólo estaba ordenando algunas cosas, pero estoy muy cansada para seguir.

Rafe entró a la casa y miró a su alrededor.

—Vaya, dijiste que lo harías y lo has hecho.

—Más bien lo ha hecho la gente del pueblo —dijo con orgullo y agradecimiento.

—Sí, he oído que ha ayudado prácticamente todo el mundo. La verdad es que no pensé que este lugar se pudiera salvar.

—¡Yo también estoy sorprendida! —se echó a reír—. ¿Qué tal está Louisa?

—Bien. No deja de hablar de que te hayas quedado a vivir aquí. Todo el mundo habla de ello, también Amos.

—Louisa quería que me quedara en el motel, pero necesitaba tener mi propia casa. ¿Qué tal está Amos?

—Muy bien. Está en casa de los Congreve. Frank y yo nos vamos de acampada con los niños mañana por la mañana.

—Qué divertido. ¿Y no deberías estar en la cama ya?

—He ido a llevarle unas cosas a Louisa, y me

dijo que volvías hoy. Después he visto que había luz aquí y he pensado que a lo mejor necesitabas ayuda.

—No iba a hacer nada más por hoy, pero tampoco voy a rechazar el poder de unos músculos. En el coche hay algunas cajas muy pesadas.

—¿De quién es el otro coche?

—De mi amiga Jody. Quería un poco de aventura y se ha ofrecido a pasar unos meses conmigo, mientras se recupera de un accidente. Tiene una pierna escayolada.

—¿Cómo va a ayudarte si está escayolada?

—Tú no conoces a Jody —el gesto de Rafe delató que no le hacía gracia la presencia de su amiga—. ¿Qué?

—Nada.

—Vamos, Rafe. ¿Qué ocurre?

—Nada, es que… ¿unos meses? Es una amiga muy generosa.

—Ya entiendo. Otro forastero que invade Primrose. Tu peor pesadilla, ¿verdad? Si te hace sentir mejor, sólo se quedará hasta Acción de Gracias.

«Igual que tú», prácticamente podía oírselo decir.

Entre los dos descargaron por completo ambos coches en menos de una hora y consiguieron que las habitaciones del piso de abajo parecieran un almacén. Con la última caja en la mano, Maggie se detuvo en el porche y miró al cielo, una extensión de terciopelo negro que parecía estar al alcance de la mano.

—En Boston nunca está tan oscuro —dijo en voz baja.

—¿Vas a echarlo de menos?

—¿Boston? Un poco —admitió, pero el gesto de incredulidad de Rafe la hizo reírse—. Está bien, sí, voy a echarlo *mucho* de menos, pero no lo bastante para cambiar de opinión.

—Maggie, lo siento.

Las inesperadas palabras de Rafe hicieron que se sintiera inquieta. No quería que sacara el pasado precisamente la noche en la que comenzaba su futuro. Lo que había ocurrido entre ellos había sido tan breve, que ni siquiera merecía la pena hablar de ello.

—Sé que soy un estúpido, pero... la última vez que hablamos... bueno, que discutimos... me entró miedo. Maggie, ¿me estás escuchando?

—Claro que te estoy escuchando, pero ¿tenemos que hablar de ello? No tengo ningún problema en dejar las cosas tal como están. De hecho, lo prefiero.

—Es que no debí comportarme de ese modo.

—A todos nos pasa alguna vez.

—Vamos, Maggie, sólo intento disculparme.

—Lo entiendo, pero no creo que sea necesario. Hiciste lo que sentías, y no hay nada de malo en eso.

—¿Y ya está?

—¿Qué más quieres?

—He pensado mucho mientras estabas en Boston —Rafe respiró hondo antes de continuar—.

La verdad es que me gustaría que lo intentáramos, Maggie.

—¿De verdad? —sonrió intentando aplacar el sarcasmo—. Yo también he pensado mucho, Rafe, y he llegado a una conclusión. Me he comprometido con el pueblo y no quiero estropearlo por culpa de una aventura que no duró ni un minuto.

—Pueden pasar muchas cosas en un minuto. Yo esperaba que pudiéramos retomarlo.

Maggie miró al cielo en busca de palabras.

—No hay nada que retomar —dijo por fin—. Sólo fue sexo.

—¡Vamos, Maggie, sabes perfectamente que fue algo más que eso!

—Rafe, en mi trabajo me encuentro con situaciones extremas todo el tiempo y quizá por eso sea tan sincera —sonrió con pesar—. No suelo andarme con rodeos y tengo poca paciencia, pero por otra parte, siempre se sabe lo que se puede esperar de mí y lo que no. Dicho eso, lo nuestro sólo fue una tarde estupenda, no hemos llegado a ir más allá de eso, simplemente nos quedamos en el camino. Pero me alegro de que hayas pasado a verme —añadió con la intención de terminar la conversación en buenos términos—. Y te agradezco mucho que me hayas ayudado.

—Pero no me quieres aquí —replicó él.

—¡Rafe! —protestó Maggie—. Jamás sentiré eso hacia ti. Escucha, empezamos algo, pero resultó que tú no sabías bien lo que querías y le pusiste freno. Ahora que me he venido a vivir aquí, casi lo agradezco porque habría sido muy difícil hacerme respetar mientras todo el mundo me veía como la mujer a la que habías abandonado. ¿Qué te parece si empezamos de nuevo y tratamos de ser amigos a ver qué tal nos va? Tengo la sensación de que los dos necesitamos amigos.

—Pero lo que siento por ti es más fuerte.

—Puede ser, y no te voy a decir que no podamos explorar esa… faceta de nuestra relación en el futuro, pero ahora mismo es mejor que nos dejemos espacio. Ahora que voy a vivir aquí, tenemos tiempo de sobra para solucionar las cosas.

—Supongo que piensas que soy un egoísta por ser tan pesado en tu primera noche en Primrose.

—No estás siendo pesado.

—Pero tampoco soy precisamente un comité de bienvenida, ¿no?

Maggie esbozó una sonrisa.

—Ahora que lo pienso, es parecido al comité de bienvenida que me recibió la primera vez.

Mientras veía alejarse a Rafe unos segundos después, con esa elegancia que pocos hombres poseían, Maggie pensó: «Oye, vaquero, no pienses que alejarte de mí no ha sido lo más difícil que he hecho en mucho tiempo». Había necesitado toda su fuerza de voluntad para no echarse en sus brazos. Pero tenía una dignidad que mantener. Tenía su orgullo.

Y ya le habían hecho daño antes.

Capítulo 11

A LA mañana siguiente Maggie despertó con el canto de los pájaros procedente del enorme roble que había junto a su ventana. El sonido la hizo sonreír y pensó que aquél iba a ser un buen día. La única nota negativa era el desencuentro con Rafe, pero era algo que ya no podía remediar, por lo que decidió no pensar en ello. No quería que nada estropease su regreso a Primrose. Así pues, se levantó de la cama y fue directa a la ducha. Bajo el agua caliente pensó que quería comprar toallas nuevas, de colores alegres; quería tener una casa alegre y lo iba a conseguir.

Mientras desayunaban, Jody escuchó atentamente sus ideas para decorar la casa.

—Pronto estará llena de cosas, más de las que podrás necesitar jamás —dijo su amiga—. Pero tengo que admitir que despertarse con el canto de los pájaros en lugar de con el tráfico de Boston es muy agradable. Creo que has tomado una buena decisión, puedo verlo en tu cara. Puede que venga a visitarte muy a menudo.

A Maggie le pusieron tan contenta aquellas palabras que se echó a llorar de emoción.

—Estoy bien —dijo riéndose en mitad del llanto—. Es por todos los cambios.

—Es normal. Acabas de cambiar de vida por completo, es lógico que estés sensible. De hecho, creo que me preocuparía si no lo estuvieras —aseguró Jody al tiempo que le daba un pañuelo—. Oye, ¿por qué no nos sacamos el café a tu magnífico porche? Así podremos ver el cielo y los árboles mientras lloras.

Mientras terminaban el café en su nuevo porche, Maggie y Jody decidieron ir a Lancaster a hacer las compras.

—Pero antes quiero parar a saludar a alguien… alguien que quiero que conozcas.

Jody sonrió.

—*Sabía* que había un hombre en todo esto.

Maggie negó con la cabeza.

—Louisa Haymaker es toda una señora a la que Primrose le debe su renacer.

—Pensé que había sido ese tipo… Raymond.

—Rafe Burnside —corrigió Maggie mientras intentaba recordar qué le había contado a su amiga—. Todo el pueblo quiere y respeta a Rafe, y si pusiera alguna objeción, creo que muchos no podrían seguir adelante con el plan. Él niega que tenga nada en contra, por supuesto, pero lo tiene, por lo que yo ando con pies de plomo. Pero la idea de todo esto fue de Louisa Haymaker, aunque el trabajo será de todo el pueblo, y más vale que sea así, porque Louisa tiene ochenta y tantos años.

—Seguro que el señor Burnside aceptará cualquier buena idea para hacer revivir el pueblo.

—Jody, Rafe Burnside es un buen hombre, de verdad, pero está tan apegado a la tierra que le resulta difícil ver el valor de todo lo demás. Está a favor del mercado rural porque tiene relación con el campo. Él sólo cree en la tierra, no en la gente. Basa su vida entera en la montaña y, cuando le falla, piensa que es por algo que él ha hecho; porque no puso las semillas lo bastante pronto, no abonó correctamente o porque no dejó la tierra en barbecho...

—¡Vaya, cuánto sabes del campo!

—Lo que sé es que al principio no prestó el apoyo suficiente a la gente que quería hacer cosas nuevas. Ama estas montañas y quiere preservarlas a toda costa, por eso no aprueba ninguna idea que pueda ponerlas en peligro. Cuando empezamos a hablar del mercado lo que a él le preocupaba era el tráfico que podía general y la contaminación de los coches. La lista es interminable.

—¿Y tú qué papel juegas en todo esto?

—Me enamoré, primero de la gente y luego de toda la zona. Por eso quiero dar todo mi apoyo a lo que hagan.

—¿Hasta el punto de abandonar Boston y de dejar tu trabajo y a tus amigos? Tiene que haber algo más.

—Estaba preparada para el cambio. Llevaba años queriendo hacer algo con mi vida, pero no sabía qué. Estaba inquieta, aburrida y muy sola. Me di cuenta en Navidades. No fue nada concreto, sólo una profunda sensación de insatisfacción. Lo cierto es que en Boston nunca llegué a sentirme cómoda ni tengo familia desde que murió mi padre, de lo cual hace ya mucho tiempo. De pronto me di cuenta de que necesitaba echar raíces, Jody, quiero tener amigos con los que envejecer y un huerto...

—¿Tú? ¿Un huerto?

Maggie se echó a reír.

—¿Por qué todo el mundo me pregunta eso? Sí, quiero un huerto y un jardín. Sé que parece una locura, pero cuando llegué a Primrose la primera vez ocurrió algo; es como si el pueblo hubiera estado esperándome —explicó con gesto pensativo.

—No me parece ninguna locura —aseguró Jody—. Lo que ocurre es que nunca te había oído hablar así.

—Lo sé —dijo Maggie sonriendo.

—Pero lo comprendo porque reconozco algunas de esas sensaciones.

—Quizá por eso estés aquí acompañándome. Y no creas que no te lo agradezco.

—Y tú no creas que no voy a sacar algún provecho de todo esto —le advirtió con sonrisa traviesa—. Aunque aún no sé cuál será.

Maggie y Jody fueron a casa de Louisa después del desayuno, pero resultó ser una de esas pocas ocasiones en que no estaba en casa y en la estación de servicio colgaba el cartel de «Cerrado». Así pues, le dejaron una nota y se pusieron rumbo a Lancaster, una ciudad bastante más grande que Bloomville con un completo centro comercial en el que podrían encontrar todo lo necesario para una casa vacía.

Fue un día largo y cansado, especialmente para Jody, que tenía que arrastrar aquella pesada escayola, pero cuando volvieron a Primrose a eso de la media noche, tenían camas nuevas, algunos electrodomésticos e incluso un par de tapices que Jody insistió en regalarle a Maggie para decorar las paredes.

Al día siguiente aún estaban desayunando cuando llegó el camión de la mudanza con las cosas que Maggie había enviado desde Boston. Las dos amigas se quedaron mirando las cajas que contenían dos librerías, dos escritorios y una mesa de reconocimiento para la consulta, preguntándose cómo iban a montar todo aquello.

—¿Cómo dices que se llama el carpintero del pueblo? —bromeó Jody.

—Pide y se te concederá. ¡Ahí arriba hay alguien que te quiere mucho!

Sorprendidas de oír una voz masculina, las dos mujeres se volvieron hacia la puerta y se encontraron con Peter Messer en el umbral, el cabello rizado más indómito que nunca y una enorme sonrisa en los labios.

—Hola, doctora. Tengo el día libre y se me ocurrió pasar a saludarte, pero tengo la sensación de que me va a tocar trabajar —dijo al ver el caos reinante en la casa.

—¡Me alegro mucho de verte, Peter! —exclamó Maggie yendo hacia él—. Es todo un honor.

—Tanto que vas a dejarme que abra unas cuantas cajas, ¿verdad? Tienes que ver lo que tengo en el coche… un montón de regalos del hospital, la mayoría usados, eso sí, pero a un precio muy asequible. También he traído algunos suministros para que vayas tirando las primeras semanas.

—Muchas gracias, Peter. Jody, te presento al doctor Peter Messer, del hospital de Bloomville. Peter, ésta es mi amiga Jody Caraway, enfermera jefe del servicio de urgencias del Boston Mercy Hospital. Ha venido a darme apoyo moral mientras se le cura la pierna.

—Sí, lo sé, soy demasiado vieja para estas cosas —dijo Jody riéndose al ver que Peter le miraba la escayola.

Peter se echó a reír también.

Jody escuchó con atención mientras Maggie y Peter bromeaban, pero en realidad le resultaba mucho más interesante lo que veía que lo que oía. Un doctor guapísimo que había conducido más de sesenta kilómetros… ¿para saludar?

—Has llegado en el momento oportuno —le dijo Maggie—. Justo estábamos a punto de intentar montar todos estos muebles.

—Y cualquier ayuda es bienvenida —añadió Jody—. La recompensa es una cena casera.

—¿Dónde está la caja de herramientas? Me quedaría aunque fuera sólo por un sándwich. Voy a traer el destornillador eléctrico que tengo en el coche, pero debo advertiros que no lo he utilizado nunca. Ahora que lo pienso, ni siquiera lo he sacado nunca del coche.

—Jody, recuerda que pongamos una caja de herramientas en la lista de cosas que necesitamos —le dijo Maggie a su amiga en cuanto Peter salió por la puerta.

—¡Mejor pon al doctor Messer en tu lista!

—¿Por qué no en la tuya? —respondió Maggie con una carcajada.

—Porque no ha hecho tantos kilómetros para verme a mí.

Tres horas después, entre charlas y risas, los tres improvisados carpinteros habían conseguido montar dos librerías y estaban empezando con el primer escritorio, cuando Jody anunció que se retiraba.

—Lo siento, chicos, pero la pierna me está molestando y estoy cansada. Espero que no os importe que vaya a echarme un rato.

Maggie se sintió fatal por no habérselo dicho ella antes, por lo que la acompañó hasta la puerta y le pidió disculpas.

Al volver y ver a Peter con el destornillador en la mano, Maggie se dio cuenta de que su experiencia con las herramientas era tan limitada como él mismo había avisado. Por eso cuando Rafe llamó a la puerta unos minutos después, Maggie se alegró de que estuviera allí.

Después de la conversación de la otra noche, había tenido sus dudas de que fuera a volver a verlo, por lo que le pareció que aquella visita era una buena señal y comprendía lo difícil que debía de haber sido para él llamar a su puerta.

—¿Maggie?

Ambos sonrieron con cierta inseguridad al encontrarse cara a cara.

—Hola, Rafe.

—He visto las cajas en el coche y me preguntaba si necesitarías el poder de mis músculos otra vez. Sólo como amigo —añadió.

De manera completamente impulsiva, Maggie se acercó a él y le dio un abrazo.

—Así es como yo saludo a mis amigos. ¡Me alegro de verte! —dijo al ver la sorpresa reflejada en su rostro.

—La otra noche… fue todo tan… sólo quería estar seguro de que sabías que me alegro de que vivas en Primrose.

Al mirar por encima del hombro de Maggie y ver a Peter Messer entre las cajas, el gesto de

Rafe cambió de tal manera que Maggie tuvo que hacer un esfuerzo para no sonreír.

—Entra, por favor —dijo dejándole paso—. Deja que te presente a mi nuevo amigo, que también ha venido a ayudarme.

Peter se puso en pie y se acercó a ellos.

—Hola. Soy Peter Messer —dijo con una sonrisa y tendiéndole la mano—. Sé que parece un verdadero caos, pero ya hemos conseguido montar algún mueble —se justificó bromeando—. Si alguna vez entras en el quirófano cuando estoy operando, verás que tengo mucha más soltura que con las herramientas.

—¿También eres médico?

—Soy cirujano en el hospital de Bloomville. ¿Tú eres carpintero? —preguntó con gesto suplicante.

—No exactamete —respondió Rafe, brusco.

—Rafe es granjero —intervino Maggie a toda prisa—. Tiene una preciosa granja en medio de la montaña, con un estanque y todo.

—Ahí es donde deberíamos estar ahora mismo —aseguró Peter secándose el sudor de la frente—. En el estanque.

Rafe frunció el ceño al ver la torpeza con la que agarraba el destornillador.

—Parece que necesitáis ayuda.

—No hace falta, Rafe —lo interrumpió Maggie—. Ya me ayudaste bastante la otra noche. Nos las arreglaremos. Veo que Amos no está contigo, ¿ibas a buscarlo?

—No, va a pasar una semana en casa de su abuela. Todos los primos van siempre a visitarla a final de verano. Así que puedo quedarme a ayudaros, si quieres.

—No es necesario.

Pero Rafe ya se había agachado junto a Peter y éste le había dejado el destornillador.

—Puede que ella no te necesite, ¡pero yo sí! —confesó riéndose.

Entre los tres adelantaron a tal velocidad, que cuando Jody volvió a aparecer dos horas después se quedó boquiabierta.

—Doctora Tremont, me parece que ya tienes consulta —anunció con alegría.

Maggie miró a su alrededor orgullosamente y asintió. Mientras, Jody se presentaba a Rafe:

—Tú debes de ser Rafe. Yo soy Jody Caraway, amiga, compañera de compras y cocinera de Maggie, lo que me recuerda que venía a anunciaros que la cena está lista. Así que, ¿por qué no vais a lavaros las manos antes de que se enfríen los espaguetis? Tú también, Rafe, me parece que te has ganado una buena cena.

Después de repetir varias veces, Peter declaró su total satisfacción con la recompensa obtenida por el trabajo.

—Enfermera Caraway, Jody, cariño, me casaría contigo mañana mismo si prometieras prepararme una cena así todas las noches.

Jody se echó a reír mientras Peter rellenaba las copas de vino.

—¡Menudo machista!

—¡No, yo fregaría los platos!

—Bueno, siempre quise casarme con un médico rico para poder dejar de trabajar y disfrutar de la vida.

Maggie estuvo a punto de atragantarse con el vino al oír aquello.

—Sí, claro, si la palabra matrimonio te da alergia. No dejes que te engañe, Peter, ya ha rechazado ofertas parecidas.

—Entonces no tengo por qué preocuparme de que quieras casarte conmigo por mi dinero porque no tengo, sólo un montón de préstamos.

—¿En serio? —preguntó Rafe con evidente escepticismo—. Yo pensé que todos los médicos eran ricos.

—Pues acabas de conocer a la excepción. No tengo intención de mudarme a la gran ciudad y hacerme cirujano plástico… al menos hasta que los niños empiecen el colegio.

—¿Niños? Pensé que eras soltero.

—Y lo soy, pero quizá alguna vez tenga seis o siete hijos. ¡E incluso una mujer!

Maggie soltó una carcajada.

—Peter, me parece que acabas de perder a Jody para siempre.

—¡Mujeres! —exclamó Peter haciéndole un guiño a Rafe.

Rafe respondió con una sonrisa que dejó anonadada a Maggie. ¿Rafe sonriendo? ¿Sería culpa del vino?

Lo cierto era que parecía estar pasándolo bien…

Pero enseguida volvió a ser el mismo de siempre al ponerse en pie y anunciar que se marchaba.

—Mañana me espera un día muy largo. Tengo que ir hasta Heron a hablar con un vendedor de caballos. Quiero darle una sorpresa a Amos. Lleva años pidiéndome un caballo. Quizá así ahorre un poco de gasolina.

—Seguramente tengas que darle tanta comida al caballo como a tu hijo —advirtió Peter mientras recogían los platos—. La mayoría de los chicos comen tanto o más que un caballo.

—Tienes toda la razón, al menos en el caso de mi hijo —respondió Rafe con una sonrisa—. ¿Alguna vez has estado es una granja ecuestre?

—No. ¿Es una invitación?

—Si tienes que trabajar, lo comprendo.

Peter se frotó la barbilla, intentando esconder la sonrisa que curvaba sus labios.

—Rafe, tu entusiasmo me abruma —dijo irónicamente—. Tengo el último turno de la noche. Normalmente me voy a dormir directamente, pero haré una excepción. Supongo que las damas también están invitadas, ¿no?

Rafe se encogió de hombros. Sabía que el doctor aceptaría la invitación, y lo cierto era que le resultaba simpático, a pesar de que no supiera ni agarrar un destornillador.

Peter no era tonto y sabía que la visita de Rafe no había sido accidental. Sólo había que ver el modo en que seguía todos y cada uno de los mo-

vimientos de Maggie. Lo cierto era que después
de un turno de doce horas, no tenía la menor necesidad de ir a ver caballos, pero si Jody Caraway
estaba allí también… ¡Dios, aquella mujer tenía
los ojos más azules y chispeantes que había visto
en su vida!

Capítulo 12

LA granja de Heron se componía de una serie de graneros blancos delimitada por una larga valla de madera blanca. El propietario era un señor llamado Fry que los recibió calurosamente y les enseñó todos los caballos. Rafe, que parecía saber tanto de caballos como el dueño de la cuadra, escuchó pacientemente, con una ligera sonrisa en los labios, mientras los demás acribillaban a preguntas al señor Fry.

No podía quitar los ojos de Maggie. Estaba increíble con aquellos vaqueros ajustados, tenía un modo de mover las caderas… Al ver que se subía a una de las vallas, Rafe fue junto a ella.

—Es precioso —dijo observando uno de los caballos que Fry le había recomendado a Rafe.

—Sí que lo es. No es pura raza, eso costaría una fortuna, pero es bonito y aún es lo bastante joven para que Amos pueda adiestrarlo.

Mientras observaba el caballo al lado de Maggie, Rafe tuvo que admitir que aquella mujer había cobrado mucha importancia en su vida. Era exactamente el tipo de mujer que siempre había imaginado para sí. Bueno, no siempre, de joven sólo había querido a Rose, no había podido ver otra cosa, pero ahora sabía que aquello había sido sexo principalmente. Rafe no era más que un joven semental, y ella siempre se había mostrado igual de deseosa. Lo habían pasado muy bien juntos hasta que todo había empezado a cambiar. Rose se había convertido en una mujer muy desgraciada al quedarse embarazada; Rafe había sido consciente de su tristeza, pero jamás había creído que podría abandonarlo. Eso era algo que no ocurría por allí. Debería haber prestado más atención. Rose no sólo lo había abandonado a él, también a su hijo. Amos, pensó con la mirada clavada en el caballo.

Amos había sido el único punto de luz en su monótona vida porque, después de la marcha de Rose, Rafe sentía que había muerto, o al menos había muerto una parte de él. Pero Amos siempre le hacía resucitar. Él había sido la única alegría de su vida, una gran carga para un muchacho tan pequeño.

Pero entonces había aparecido aquella mujer calada hasta los huesos, y su corazón había vuelto a latir como un caballo desbocado. Alguien debería haberle avisado, pensó mirando de reojo a Maggie, que estaba preciosa con el sol dándole en la cara y con aquel olor a flores frescas. Dios, de pronto, a sus cuarenta años, estaba preguntándose dónde estaría el granero más cercano.

Y ese Peter, más le valía no meterse en su territorio, pensó con preocupación. Claro que Maggie no era suya, pero eso era lo que sentía y no quería que Messer le complicara aún más las cosas. Porque, aunque pertenecieran a mundos diferentes, Maggie había visto algo en él y, si ya lo había visto una vez, podría volver a hacerlo.

—¿Rafe? ¿Qué te ocurre?

Inmerso en sus pensamientos, Rafe casi no oyó a la mujer con la que estaba soñando.

—¿Qué? No me pasa nada, ¿por qué?

—Parece que estuvieras pensando en algo muy molesto.

Rafe la ayudó a bajar de la valla y la retuvo en sus brazos más tiempo del estrictamente necesario.

—Estás muy equivocada, Maggie. Si hay algo que no estoy, es molesto. De hecho, soy feliz sólo con estar aquí a tu lado.

La confesión de Rafe agarró por sorpresa a Maggie, que aún no se había recuperado cuando oyó que Jody les hablaba desde la puerta del granero.

—¡Rafe! —gritó Jody—. El señor Fry dice que aquí hay un caballo que quizá te interese.

Agradecida por la interrupción, Maggie siguió a Rafe hacia el granero.

—Creo que conozco a un jovencito que va a ponerse muy contento —«aunque su padre no lo esté».

Hacia la una de la tarde estaban listos para volver a casa. Como Peter había ido con su propio coche, debían separarse allí, por lo que Maggie fue a acompañarlo a su coche.

—Oye, doctora —le dijo Peter ya desde el asiento del conductor—. ¿Crees que Jody y tú podríais venir a Bloomville el domingo para que pueda demostraros mis dotes culinarias?

—Por mí encantada, y estoy segura de que Jody también lo estará.

—Estupendo. Mi especialidad es el chile con carne, así que no olvidéis la cerveza. También puedes traer a tu amigo, si consigues separarlo de sus manzanos.

—¡Calla, Peter! —Maggie miró de reojo a Rafe, pero parecía muy concentrado en su conversación con Jody.

—No te preocupes —respondió él riéndose—. Si lo cierto es que me cae bien, pero tienes que admitir que no es un hombre muy sonriente.

—No ha tenido muchos motivos para sonreír.

—Vamos, Maggie, todos arrastramos alguna cruz, pero estar enamorado no debería ser una de ellas. Sí, eso he dicho. Rafe Burnside está enamorado... ¡y no es de Jody! Aunque me da la sensación de que no sabe muy bien qué hacer contigo. Por cierto, cree que yo siento algo por ti —añadió con gesto travieso.

—¡No!

—¡Sí! Y quizá habría sido así si no me hubiera encontrado con los maravillosos ojos azules de tu amiga. Pero no vayas a decírselo.

—Algo sospechaba, pero mis labios están sellados. Aunque te advierto que es un hueso duro de roer.

—Bueno, por el momento no sé qué es lo que pretendo, así que no pienso preocuparme por ello. Sólo me apetece pasar un buen rato, y ella parece saber disfrutar de la vida. Pero entre tanto, me esforzaré en poner celoso a tu caballero andante.

—Yo no pienso contribuir —aseguró Maggie riéndose.

—Vamos, Maggie, ¿es que no quieres animar un poco la vida del señor Burnside dándole algo por lo que angustiarse?

—¡Peter, eres increíble!

—¡Sí que lo soy! Y mi trabajo me cuesta. Ahora dame un beso en la mejilla, eso será suficiente para provocarle un ataque al corazón.

—¡Y tú eres médico!

—Las palpitaciones que va a sufrir no son peligrosas —le tomó la mano y se la llevó a los labios.

—¡Qué malvado!

—No mires, pero creo que ya le hemos dado donde más le duele. ¡Adiós, Jody! ¡Adiós, Rafe! —gritó mientras se alejaba, dejando una nube de polvo y risas.

Maggie lo vio marcharse y después volvió junto a Jody y Rafe, con mucho cuidado de no mirar a los ojos a Rafe, pero pudo sentir su malhumor y su tensión en todo el camino de vuelta.

—Ese tipo es un bromista, ¿no? —murmuró Rafe, con la mirada clavada en la carretera.

—A mí me parece muy divertido —opinó Jody desde el asiento de atrás.

—Yo pensaba que un médico sería más… formal.

—Quizá lo deje para el quirófano —sugirió Jody.

—Entonces estás de acuerdo con que es un bromista.

—Creo que es un tipo estupendo y muy generoso. Fíjate en cómo ayudó a Maggie en su día libre y cómo ha venido hoy aquí después de estar trabajando toda la noche. ¿Acaso es un crimen que le guste bromear y reírse? Los médicos están sometidos a mucha presión, y más en el caso de los cirujanos. Un pequeño error suyo puede costarle la vida a su paciente. Seguramente su actitud es una forma de quemar la tensión.

—Supongo que tienes razón —admitió Rafe, sorprendido ante la apasionada defensa de Jody—. Nunca lo había pensado de ese modo. Imagino que tú también estás sometida a mucha tensión.

—Sólo te diré que ser la enfermera jefe del servicio de urgencias un sábado por la noche no es nada sencillo.

Maggie y Jody trabajaron intensamente los días siguientes para montar el despacho de Maggie. Cuando hubieron abierto todas las cajas y colocado todo el material médico, la comida en casa de Peter Messer les ofreció la recompensa perfecta. Todo estaba organizado, excepto la presencia de Rafe, que había asegurado que tenía demasiadas cosas que hacer para salir a divertirse. Sin embargo cuando ambas mujeres salieron de la casa el domingo por la mañana, Rafe las esperaba en la calle.

Bloomville era un pueblo no demasiado grande, pero sí bullicioso. Como Maggie no lo conocía apenas, antes de ir a casa de Peter, sugirió que dieran un paseo por el centro. Mientras recorrían la calle principal, Maggie se preguntó cómo había podido Primrose quedarse tan aislado teniendo aquello tan cerca, y se lo dijo a Rafe.

—Supongo que depende de lo que uno busque —respondió él con gesto grave.

—¿No creo que esto esté tan mal? —insistió Maggie—. Tú lo odias, ¿verdad?

—No lo odio, pero tampoco viviría aquí.

—¿Te parece demasiado grande? ¿Demasiado ruidoso?

—Maggie, yo soy granjero. Todo este ajetreo

me resulta… no sé cómo explicarlo… me parece superficial.

—Eso es hablar claro —respondió Maggie.

—Pero para ti es divertido —reconoció él.

—Sí, sí que lo es. Hay muchas otras cosas que me divierten, por supuesto, pero sí, de vez en cuando me gusta pasear por las calles llenas de gente y comprar cosas frívolas que no necesito. O darme el capricho de comerme un helado.

—De chocolate —sugirió Jody.

—Con virutas de chocolate.

—Buena idea —dijo su amiga riéndose—. Vamos, podemos llevar un poco a casa de Peter.

Rafe no dijo nada mientras recorrían la calle en busca de una heladería, ni tampoco intervino en la elección de los sabores. Entre risas, Maggie y Jody decidieron comprar tres sabores diferentes para que hubiera donde elegir.

Peter los recibió con alegría. Su casa era diminuta, pero acogedora y llena de personalidad, una personalidad tan alegre y relajada como la de él. Una casa que reflejaba la alegría de vivir de su propietario y que, para Rafe, fue un recordatorio de lo estéril que era la suya. Aquello hizo que al sentarse a comer estuviera doblemente deprimido.

Además de chile con carne había una gran variedad de condimentos, muchos de los cuales Rafe ni siquiera conocía; todo muy sencillo, pero con mucho gusto. Mientras escuchaba las risas de los otros tres comensales, aquella alegría que le resultaba tan ajena, Rafe se sintió desmoralizado, pero decidió esforzarse por integrarse. Al menos intentaría sonreír.

A pesar de la tristeza, Rafe sintió curiosidad por la fraternidad que parecía haber entre ellos tres por el hecho de dedicarse a la medicina. Y de pronto le dio rabia pensar en todo lo que le faltaba a Primrose, todo lo que les faltaba a los niños del pueblo. Y se sintió culpable por no haber organizado un viaje a Bloomville para vacunar a los niños cuando la furgoneta no había aparecido. ¿Por qué habrían actuado todos de un modo tan pasivo? Bien era cierto que Primrose nunca podría tener su propio hospital, el problema era que ni siquiera tenían un médico, y menos una clínica. ¿Cómo había podido poner inconvenientes a que Maggie se estableciera en Primrose? Ella era seguramente lo mejor que le había pasado al pueblo desde hacía muchos años.

Lo peor era algo que le rondaba la cabeza desde hacía unos días. ¿Qué papel había jugado él en el abandono del pueblo? ¿Tendría razón Maggie, acaso había estado demasiado ocupado en lamer sus heridas como para darse cuenta de lo que estaba pasando? ¿No sería que todo ese empeño por cuidar del entorno no era más que una excusa para esconderse en la montaña? ¿Una manera de controlar a Amos, el hijo al que tanto quería? Era consciente de que la gente del pueblo recurría a él en busca de consejo y cada vez más tenía la sensación de que les había fallado.

Ni siquiera todo el helado del mundo podría endulzar aquel dolor.

—Messer, estas galletas están deliciosas —aseguró Jody cuando Peter sacó el café y unas galletas caseras—. Algún día vas a hacer muy feliz a alguna mujer.

—¡Tengo una idea! —exclamó Maggie—. Podríamos venderlas en el mercado rural de Primrose, seguro que nos las quitarían de las manos.

Peter se echó a reír.

—Se lo agradezco mucho, señoras, pero confieso que sólo sé cocinar tres cosas y acabáis de probar dos de ellas.

Rafe se puso en pie, molesto e incómodo. Empezaba a comprender lo que Maggie había tratado de decirle; aquellos siete años recluido en las montañas lo habían atrofiado. Dios, si ni siquiera sabía bromear.

—Perdonad, ¿os importaría si nos marcháramos pronto? Me parece que va a haber tormenta —dijo mirando por la ventana.

Veinte minutos después, ya camino de casa, a Jody se le cerraban los ojos en el asiento de atrás, y Maggie empezaría a hacerlo pronto. Cuando quiso darse cuenta, Rafe estaba dándole en el hombro para despertarla.

—Vamos, Maggie. Ya estamos en casa. Jody ha entrado ya y está empezando a llover —le oyó susurrar.

Podía sentir el calor de su respiración en la cara.

Entonces abrió los ojos y lo vio mirándola fijamente.

Muy despacio, Rafe se acercó a ella y la besó en los labios.

—Rafe —dijo Maggie—. Esto no forma parte de nuestro plan.

—¿Tenemos un plan?

—Sí… ser amigos.

—Bueno, considéralo un gesto amistoso.

—¿Y qué pasa con lo que hablamos la semana pasada?

—Cada vez que me acuerdo de ello, me doy cuenta de lo estúpido que soy. Maggie, me estás enseñando mucho. No dejo de preguntarme por qué tengo que seguir escondiendo lo que siento.

—Dijiste que te daba miedo sufrir.

—Y así es, pero no creo que eso deba privarme de una segunda oportunidad. Tú no eres Rose.

—No soy Rose, pero no voy a hacerte ninguna promesa.

—No te he pedido que lo hagas.

—¿Amigos entonces?

—Amigos…

La agarró de la mano y la ayudó a salir de la camioneta. Entonces la abrazó, protegiéndola de la lluvia con su chaqueta, y así caminaron hasta el porche. Con su olor inundándole los sentidos, Maggie pensó que aquello debía de ser lo más sensual que había hecho nunca. Estaba fascinada, presa del momento, mientras él le apartaba el pelo de la cara.

—La primera vez que te vi estaba lloviendo —dijo él, ya en el porche—. Recuerdo el aspecto que tenías, empapada y temblando, pero con la valentía suficiente para pedir, no, más bien exigir, que Louisa te diera una habitación. Aquel día me pareciste un misterio.

—Estaba enferma, ése es todo el misterio, Rafe. No tengo ningún secreto ni juego con nadie.

—Yo tampoco.

Maggie respiró hondo con frustración.

—No es ésa la impresión que me da a veces. Un minuto eres frío como el hielo y al siguiente te conviertes en un ser cálido y amable.

—Puede que no conozca las reglas en lo que se refiere a cuidar a alguien.

—No, Rafe —protestó Maggie—. Tú sabes perfectamente cómo cuidar de los demás. No hay más que ver el hijo tan maravilloso que tienes y la noche que te conocí, ibas a traerle la compra a una anciana en mitad de una tormenta. Si eso no es cuidar a los demás, no sé qué es.

—Me refería a cuidar de ti.

Maggie abrió la puerta bruscamente, para demostrar su indignación.

—Mi querido Rafe Burnside, yo no necesito ni quiero que me cuiden. No soy una niña. ¡Soy doctora! Yo soy la que se encarga de cuidar a los demás.

La puerta se cerró tras ella, y Rafe se quedó allí de pie unos segundos. Era todo demasiado difícil para él. ¿Por qué las mujeres hacían que todo fuera siempre tan complicado? Él no era un hombre difícil. Aquello le hizo pensar en Rose. Él sólo le había pedido lo que merecía cualquier marido: un hogar, una familia, una comida caliente después de un largo día de trabajo en el campo, una cama. Ése era el trato que habían hecho, y él había cumplido su parte, ¿por qué entonces habría cambiado de opinión ella? ¿Por qué no le había dicho que no era feliz?

Al llegar a su casa se quedó dentro del coche sin poder moverse, preguntándose si Rose se habría sentido sola mientras él trabajaba. De pronto comprendió que un bebé quizá no compensara la ausencia de un marido.

Y ahí estaba él ahora, tratando de darle a Maggie lo que esperaba de él, pero sin siquiera saber qué era exactamente. Sabía que era un anticuado; según él debía procurarle un techo y comida a su mujer, pero Maggie tenía razón, eso era algo que podía hacer perfectamente ella sola.

¡Ya le había dicho que no conocía las reglas!

El problema era que, si no solucionaba aquello, acabaría perdiendo a Maggie, y eso era algo que no podía hacer. No podía perder a una mujer tan interesante y tan atractiva. Entonces lamentó con todas sus fuerzas no ser como Peter Messer, un tipo interesante, afable y guapo… ¿Cómo iba a competir con él? ¿Qué podía hacer un sucio granjero contra todo un doctor? No recordaba cuál era el último libro que había leído y no sabía prácticamente nada sobre cine o música. ¿Qué podía ofrecerle a una chica sofisticada como Maggie? Quizá ni siquiera debiera intentarlo. Pero había algo de lo que estaba seguro. Peter Messer no amaba a Maggie tanto como él.

«¿Amarla?».

Rafe hundió la cabeza entre las manos. Estaba metido en un buen lío.

Capítulo 13

FANNIE estaría libre durante unos días, todo lo libre que le permitieran los gemelos, porque Frank se había llevado a los demás niños de acampada. Por fin tenía oportunidad de ir a ver a sus amigos y por fin tenía una amiga que la ayudaría en cosas en las que Frank no podía, pensó Fannie mientras se dirigía a la consulta de Maggie.

Allí la recibió una cara desconocida, una mujer sentada tras un escritorio tan nuevo como el resto del mobiliario.

—Hola —dijo Jody, saludando a Fannie y a sus pequeños—. ¿Es una emergencia? Si busca a la doctora Tremont, está con un paciente.

—No es una emergencia, aunque lo parezca —

respondió Fannie riéndose—. Soy Fannie Congreve.

—¡Ah! Maggie me ha hablado mucho de usted, señora Congreve. Yo soy Jody Caraway, otra amiga de Maggie. Me temo que no puedo ayudarla con los pequeños —dijo señalando su escayola—. Pero si quiere acompañarme a la cocina, estaba a punto de hacer café.

Maggie no tardó en aparecer en la cocina.

—Hola, Maggie —la saludó Fannie—. ¿O debería decir doctora Tremont? —añadió al fijarse en su bata blanca.

—Sólo he tenido dos pacientes por ahora. Quizá debería lanzar una campaña de vacunación, así por lo menos vería a todos los niños.

—Ten paciencia —le aconsejó Fannie—. Supongo que se necesita tiempo.

—Años —añadió Jody—. Así que tienes tiempo para sentarte con nosotras.

—Tenéis razón. Contadme, ¿algún chismorreo interesante?

—Sigue así y encajarás a la perfección en Primrose —aseguró Fannie con gesto malévolo.

No había chismorreos, pero sí mucho que contar sobre el mercado rural. Fannie y sus amigas ya habían ultimado muchos detalles, incluyendo el día de la inauguración, que tendría lugar el primer sábado de octubre.

—¿Ya estamos en septiembre? —preguntó Jody.

—Si tuvieras hijos, contarías los días que quedan para que empiece el colegio —dijo Fannie

con humor—. Sólo hay un pequeño inconvenien-
te, y es uno de los motivos por los que estoy aquí.
Se trata de Rafe Burnside, o más bien de sus manzanas. Ese cabezota se niega a que vendamos sus
manzanas en el mercado, y todo el mundo sabe
que son las mejores de todo New Hampshire.

—¿Y no os ha dicho por qué?

—Dice que tiene mucho que hacer, como si el
resto no tuviéramos trabajo. No entiendo por qué
no quiere darse cuenta de lo importante que es
todo esto.

—Puede que haya otra cosa que le preocupe
—sugirió Jody.

—No importa —espetó, malhumorada—. No
me malinterpretéis, yo quiero mucho a Rafe, pero
esto es más importante que una sola persona. Dice
que tenemos su bendición, pero que no tiene tiempo para ayudar. Yo le he dicho que eso no es bendición ni es nada. Creedme, yo no me enfado con
facilidad, pero Rafe lo ha conseguido. Bueno, in-
tenté enfadarme con él, pero es difícil con alguien
como Rafe, con esos ojos de cachorrito maltrata-
do. Pero voy a tener que darle una patada en el
trasero porque nada funciona con él. Por eso estoy
aquí, Maggie, necesito que hables con él. Si hay
alguien que pueda convencerlo, ésa eres tú.

—¡No sabes lo equivocada que estás!

—Sé más de lo que crees —respondió Fannie.

—Pues ése es el problema en pocas palabras
—admitió Maggie con las mejillas ruborizadas—.
Está bien, admito que entre Rafe y yo hubo algo

que duró un abrir y cerrar de ojos. Después al muy tonto le entró el miedo. Dijo que no quería que la gente hablara de él, o más bien de nosotros. Y me dejó, así de simple.

Jody y Fannie estaban boquiabiertas.

—¡Y después tuvo el valor de decirme que había cambiado de opinión! —continuó diciendo—. Como si yo fuera una pelota y mis sentimientos no importaran. Así que le dije que no.

—¡Claro! —murmuraron sus dos amigas, intercambiando miradas.

—Y si alguna de las dos se atreve a decir una palabra de esto fuera de estas cuatro paredes, no volveré a dirigiros la palabra.

—Ni una palabra —prometieron—. Pero…

—¡Nada de peros! Apuesto a que ésa es la razón por la que no quiere ayudaros, Fannie, porque si lo hiciera, tendría que verme y hablar conmigo y estaría todo el tiempo preguntándose si alguien nos ve o habla de nosotros. Seguro que le resulta más fácil no participar.

Jody y Fannie se quedaron calladas, pensativas.

—Y no se os ocurra hacer de casamenteras…

—¿Yo? —dijo Jody.

—¿Yo? —dijo Fannie.

—¡Sí, las dos! Puedo verlo en vuestra cara.

—Vamos, Maggie —habló Fannie en tono razonable—. No puedes creerte esa historia de que no quiere estar contigo para que su vida privada no quede expuesta. Yo desde luego no me lo creo.

—¡Ni yo! —aseguró Jody—. Y eso que apenas lo conozco.

—A algunos hombres les dan pereza estas cosas —opinó Fannie—. Hace falta tiempo y energía para tener un romance.

—¿Un romance? —gritó Maggie—. ¡Yo no puedo tener un romance! Acabo de llegar a Primrose y no puedo comportarme de ese modo.

—No, claro que no —la tranquilizó Fannie—. Rafe tampoco tiene romances.

Maggie se puso en pie y comenzó a caminar por la cocina, intentando deshacerse de aquella incómoda confusión.

—Yo no sé qué le pasa. Sólo sé que me enamoré de él, y a él parecía estar pasándole lo mismo. Pero entonces se echó atrás y luego me pidió que fuéramos amigos. ¡Ese hombre no sabe lo que quiere!

Jody se echó a reír.

—A mí eso me suena a amor.

—Escucha, Maggie —intervino Fannie de nuevo—. El lunes es el Día del Trabajo y hemos organizado una jornada de limpieza en la plaza, en donde se va a instalar el mercado. Estará todo el mundo, y estaba pensando que quizá, si va Rafe, podamos conseguir algo.

Maggie negó con la cabeza.

—Lo siento, Fannie. Pero si quieres que vaya, no me pidas a mí que lo invite. Que lo haga Frank.

—Muy buena idea —respondió, satisfecha con la idea—. A él no podrá decirle que no.

—Muy bien. Pero no me pidas nada más, ¿de acuerdo? Con respecto a Rafe, quiero decir. Él no es el único que tiene miedo.

El Día del Trabajo amaneció soleado y fresco, uno de esos días que hacía pensar en el otoño y en castañas asadas. Maggie y Jody salieron de casa llenas de energía y deseosas de llegar a la plaza.

—¿Sabes? —dijo Jody aferrándose a sus muletas—. Creo que podría acostumbrarme a esta vida.

—Pues las casas son muy baratas en esta zona —bromeó Maggie.

—Eso he oído.

—Aunque quizá preferirías vivir más cerca de Bloomville.

Jody no pudo evitar echarse a reír.

—Si intentas ser sutil, te ahorraré el trabajo. No hay nada serio entre Peter y yo, sólo estamos viendo lo que sentimos. Maggie, tú sabes lo que opino del compromiso.

—¿Lo sabe Peter?

—He sacado el tema alguna vez, pero no sé si me ha entendido. El caso es que me gusta. Me gusta mucho.

Maggie lanzó un suspiro.

—Jody, no puedes tenerlo todo. Si tienes intención de seguir soltera, deberías aclarárselo a Peter.

—¿Crees que debería volver a Boston?

—Eso no es lo que estoy diciendo. Me encanta que estés aquí, y puedes quedarte todo el tiempo del mundo. Sólo quiero que tengas cuidado. Los dos sois demasiado buenos como para sufrir sin necesidad.

—¡Dios, pareces mi madre!

—Debe de ser la doctora que llevo dentro.

Cuando llegaron a la plaza ya había allí mucha gente. Fannie estaba colocando una bandeja de fruta en una mesa mientras Frank echaba un vistazo a los gemelos. También estaba allí Louisa y había llevado varias barras de pan recién horneado. Pero la presencia que más le sorprendió fue la de Rafe, que estaba sacando el pan de Louisa de su camioneta.

—Hola, Maggie.

—Rafe —dijo Maggie con un ligero movimiento de cabeza.

Decepcionado por el frío saludo de Maggie, Rafe se dirigió a Jody para presentarle a Amos.

—¡Por fin conozco al famoso Amos! —exclamó Jody—. Y eres más guapo incluso de lo que me había imaginado. ¿Quieres ayudarme, Amos? Me vendría muy bien un chico fuerte como tú.

A solas con Rafe, Maggie se dio cuenta de que no tenía nada que decir y se sintió aliviada cuando Rafe se excusó para ir a ayudar a los demás.

Rafe se sintió humillado por la frialdad de Maggie, y por eso se había alejado de ella, con la intención de trabajar hasta caer rendido, pues era la única manera que conocía para no pensar. Así pues, se acercó a los que ya habían empezado a limpiar y se puso manos a la obra. Al menos ellos se alegraban de verlo. En ningún momento se atrevió a volverse a comprobar si Maggie lo miraba.

No lo miraba, pero podía verlo por el rabillo del ojo saludando a sus vecinos, que lo habían recibido calurosamente. ¿Por qué habría ido? Seguramente Frank había tenido que esforzarse mucho para convencerlo, sin embargo en aquel momento parecía completamente en su ambiente manejando el tractor con el que iban a nivelar el terreno de la plaza. Estaba increíble con aquella camisa de franela roja y aquellos vaqueros ya gastados...

—¿Soñando despierta, doctora? —le preguntó Fannie de pronto.

Maggie sintió que le ardían las mejillas.

—Sólo estaba pensando.

—¿En qué?

—En Rafe.

—Entonces el viento sigue soplando en la misma dirección, ¿no?

—Yo no he dicho eso.

—¿No? Bueno, lo que tú quieras.

—Sólo me preguntaba cómo habías conseguido que viniera.

—Fue Frank, pero por lo que me ha dicho no le resultó muy difícil. Claro que también utilicé mi arma secreta... ¡Amos! —exclamó con actitud triunfal—. Sabía que no permitiría que el niño se perdiese todo esto.

—¡Qué mala!

—El caso es que está aquí —dijo sin la menor señal de arrepentimiento—. Y está muy guapo, ¿no te parece?

Maggie volvió a mirarlo.

—Está bien… —¡era cierto! Estaba muy guapo, pero Maggie odiaba que fuera así.

La inesperada llegada de Peter Messer puso fin a la conversación. Todas las mujeres se volvieron a mirarlo mientras él se acercaba a la mesa de la comida.

—Señoras, he oído que había trabajo y he pensado que os vendrían bien un par de manos fuertes y firmes… También he oído que había comida —añadió riéndose.

—Para comer tienes que trabajar —le advirtió Louisa mientras le daba una taza de café.

—¡Eso está hecho!

—Ya veremos, no parece muy fuerte —espetó la anciana.

—Señora Haymaker… porque no puede ser otra que la señora Haymaker, ya me lo dirá a las cinco de la tarde.

—¡De eso puede estar seguro!

Peter sonrió.

—Deberían hacer más café porque viene gente desde todos los rincones del valle, todo el mundo quiere participar en el Renacimiento de Primrose, como lo llaman ya —Peter se echó a reír al ver a todas las mujeres boquiabiertas—. ¿Qué ocurre, señoras? Pensé que querían poner en marcha este mercado.

—Sí, pero...

—Oye, Callaway, ¿por qué no me cortas un trozo de pastel para darme energías?

—Nada de pastel hasta esta noche, Messer. Pero te apartaré una porción sólo para ti —le dijo con un guiño.

—Estupendo... porque tengo intención de quedarme por aquí.

Desde el otro lado de la plaza, Rafe había observado la llegada de Messer con gesto adusto. El cirujano era un buen tipo, pero Rafe lo veía como un intruso que le hacía sentirse inseguro sobre sus posibilidades de recuperar a Maggie. El hecho de que estuviera allí sólo podía significar una cosa, que estaba tratando de ganarse el cariño de Maggie. Y no parecía que fuera a costarle, a juzgar por el modo en que se comportaba ella. Rafe estaba que echaba humo.

Rafe había llegado allí con la intención de quedarse sólo una hora, para dejar claro que no tenía nada en contra del mercado y para asegurarse de que la limpieza de la plaza se hacía sin causar ningún daño al entorno. Pero con Peter Messer cerca, saludando a todo el mundo como si fuera un maldito político, Rafe no podía permitirse marcharse, pero tampoco se atrevió a bajarse del tractor.

A las cinco de la tarde, cuando el terreno ya no podía estar más liso, no le quedó más remedio que bajarse del tractor. Fue a lavarse las manos y la cara en un grifo instalado para la ocasión y acabó metiendo la cabeza debajo del agua. El frío le hizo sentir bien, por eso cuando Peter le acercó una toalla, pudo comportarse de un modo civilizado.

—Gracias.

—No hay de qué. Empezaba a preguntarme cuándo ibas a bajar del tractor. Tus vecinos están impresionados; parece ser que no te esperaban.

—Ya sabes cómo son estas cosas —respondió Rafe mientras se secaba la cara.

—Claro. Por cierto, he conocido a tu hijo, es un chico estupendo.

—Gracias.

—Me ha dicho que cuando crezca quiere ser médico.

—Cómo no. Después de ganar la medalla de oro en las olimpiadas, estudiar veterinaria y ganarme al ajedrez.

Peter se echó a reír al tiempo que, los dos juntos, se dirigían a la mesa de la comida.

—Ven a sentarte, Rafe —le dijo Frank—. Debes de estar hambriento después de tantas horas subido al tractor.

—Te he guardado un sitio, Burnside —anunció Louisa.

Rafe comprobó con alegría que el sitio que le había reservado Louisa se encontraba junto a Maggie. Lo que no vio fue la mirada de complicidad que intercambiaron Messer y Louisa. Peter se echó a reír.

—¿Qué? —le preguntó Jody.

—Nada, estaba disfrutando de la comedia de los errores.

La cena se alargó hasta bien entrada la noche. Resultaba muy agradable estar al aire libre y disfrutar de la compañía de todos los vecinos en aquella suave noche de verano, mientras los niños jugaban por toda la plaza. El colegio estaba a punto de empezar y los niños lo sabían.

Empezaba a hacer fresco, pero Maggie aún llevaba manga corta por lo que, cada vez que Rafe la rozaba, sentía un millón de escalofríos. Casi podía sentir el olor del sol en su piel y se deleitaba en el sonido de su risa cada vez que bromeaba con alguien. Nunca antes se había sentido tan cerca del cielo y a la vez tan torturado. Porque estar a su lado cuando lo que deseaba era estrecharla en sus brazos era un verdadero infierno.

Ella apenas le hablaba, sólo se dignó a pedirle que le pasara un plato u otro y a ofrecerle limonada. Rafe miró a Peter para ver cómo llevaba el estar lejos de Maggie, pero no parecía importarle; estaba ocupado charlando con Jody, lo cual era muy educado por su parte teniendo en cuenta que seguramente habría preferido estar con Maggie.

De pronto se le ocurrió que quizá también Maggie habría preferido sentarse junto a Messer. Los miró a uno y a otro, pero no alcanzó a ver ninguna señal. Entonces se encontró con la mirada de Peter, y éste le sonrió. ¿Sería un mensaje? Rafe no comprendía nada. Si de verdad amaba a una mujer, lo único que debía importarle era su felicidad. Pero ¿y si esa felicidad estaba con otro hombre? ¿Y si él no podía ni quería ser tan noble?

Peter seguía mirándolo de un modo muy extraño, como si tratara de decirle algo. ¿Le estaría pidiendo que se alejara de Maggie? ¡Dios! ¿Por qué no le prestaba más atención a Jody? Estaba claro que la pobre estaba loca por él. Quizá debiera decirle que Peter tenía los ojos puestos en Maggie para que no se sintiera engañada. No, no podía hacerlo.

Quizá lo que debía hacer era enfrentarse a Messer y decirle que Maggie era suya.

Pero no era cierto. Maggie no era suya, pensó Rafe con tristeza. Sólo había que ver el modo en que se reía de los chistes de Messer y cómo le sonreía incluso a distancia. No, desde luego Maggie no era suya.

Capítulo 14

RAFE llevaba tres semanas encerrado en su granja cuando empezó a perder los nervios. Se dijo a sí mismo que se acercaba la cosecha y había mucho que hacer, pero lo cierto era que estaba escondiéndose. Se había quedado tan traumatizado por lo ocurrido el Día del Trabajo, que no había tenido valor para enfrentarse a Maggie o a Peter. Ni siquiera a sí mismo. Lo mejor era dejar que la naturaleza siguiera su curso, aunque la naturaleza se estuviera equivocando de camino.

Louisa lo llamó un día, pero en cuanto comenzó a regañarlo por estar escondiéndose, Rafe le dijo que tenía una emergencia y colgó. Otros amigos lo llamaron también para ver qué tal estaba, cuando la conversación se acercaba al terreno personal, Rafe les cortaba tajantemente, rozando incluso la grosería.

Incluso Jody lo llamó para saludar, pues estaba preocupada por su desaparición. Con ella sí fue amable. Le dijo que quería... que podrían... si ella podría... Tantas frases sin acabar terminaron por confundirla y finalmente colgó.

Cuando Jody le contó a Peter aquella extraña conversación, él se limitó a darle un beso y decirle que le diera tiempo.

Fue el destino lo que hizo que Rafe y Peter Messer se encontraran la segunda semana de octubre. Frank Congreve había llamado a Rafe para preguntarle si quería donar algunas manzanas para el mercado, que abriría sus puertas por primera vez aquel sábado. Rafe le prometió llevar dos cajas y pensó que, si las llevaba antes de las siete de la mañana, podría dejarlas allí y volver a marcharse antes de que llegara Maggie. Y habría sido así si Peter no lo hubiera visto.

—Hola, Rafe —lo saludó dándole una palmada en la espalda—. Cuánto tiempo sin verte.

—Me alegro de verte, Rafe —lo saludó también Frank—. Puedes dejarlas aquí, junto a todo lo demás —dijo señalando una enorme variedad de fruta y verdura—. Esperemos que la gente compre.

—Por cierto, Rafe, espero que pases por mi mesa y me compres alguna galleta —le sugirió Peter.

—No puedo. Tengo que volver a la granja. Van

a venir a entregarme algo y no sé exactamente a qué hora —se apresuró a decir.

—¡Vamos, Rafe! ¿Precisamente hoy?

—Es el caballo que le compré a Amos —se defendió Rafe.

Frank sonrió.

—¿Por eso lo trajiste anoche para que durmiera en casa?

—Es una sorpresa.

—Lástima que tenga que ser hoy.

—Ha sido una casualidad —respondió Rafe con gesto ausente, mientras examinaba la plaza por miedo a encontrarse con Maggie—. Bueno… será mejor que me vaya.

—Si no hay más remedio —le dijo Frank—. Ah, casi me olvido. Esta tarde vendrás a la fiesta, ¿verdad?

—¿Qué fiesta?

—La Primera Celebración Anual del Mercado Rural de Primrose. Es en el granero de Hendersen a las seis. Puedes recoger allí a Amos.

—Había pensado que los chicos y tú querríais ver el caballo y ya de paso traer a Amos.

—Lo siento, pero estoy seguro de que después de la fiesta, Fannie querrá irse derecha a la cama. Se ha pasado casi toda la noche horneando pasteles con Maggie y con Jody.

—Además —intervino Peter—, así podrás felicitarnos a mi chica y a mí. Hemos decidido «pre-prometernos».

«¿Mi chica? ¿Pre-prometidos?». Rafe apenas

podía respirar y mucho menos hablar, pero consiguió decir:

—¿Qué… qué quiere decir eso?

—Pues que hemos decidido salir juntos… de manera exclusiva. No te creas que ha resultado fácil convencerla en lo de la exclusividad. Tienes que venir, sobre todo teniendo en cuenta que estabas presente cuando nos conocimos. A Maggie también le daría mucha lástima que no vinieras. Escucha, si alguna vez nos casamos, tienes que ser mi padrino.

Rafe frunció el ceño.

—Pensé que habías dicho que sólo estabais saliendo.

—Lo sé, pero dame un año y te aseguro que se oirán campanas de boda en toda la montaña.

A Rafe no le importaba si no volvía a oír campanas de boda en su vida, especialmente si se trataba de las de la boda de Maggie y Peter. Estaba tan enfadado y frustrado al llegar a casa que se puso recoger manzanas y dejó limpios cuatro árboles antes de que acabara la tarde. Para cuando el caballo de Amos quedó en su nuevo hogar, Rafe estaba agotado, sucio y sudoroso. Se metió en la ducha y permaneció más de diez minutos bajo el chorro de agua.

No quería ir a la fiesta por nada del mundo, pero, por mucho que lo intentó, no consiguió encontrar una excusa para no asistir. Sabía que debía ir, pero decidió que se quedaría sólo el tiempo necesario para que todo el mundo viera que había acudido, nada más. Así que a eso de las seis y media salió de su casa, recién afeitado y preparado para lo peor.

Al llegar al granero de los Hendersen tuvo la sensación de que estaba allí todo el pueblo. A juzgar por la música, el mercado debía de haber ido muy bien. Quizá Primrose estuviese camino al renacimiento del que había hablado Peter. Rafe se alegraba de verdad, sólo habría deseado poder compartir la alegría con sus vecinos, pero eso era algo imposible para un hombre con el corazón roto.

—¡Rafe! —lo llamó Frank desde la puerta.

En cuanto Rafe se acercó, le ofreció una cerveza.

—Tengo que conducir.

—Pero espero que no sea pronto.

—No quiero irme tarde. Me gustaría enseñarle el caballo a Amos antes de que esté rendido de sueño. Supongo que está dentro.

—Está bailando. Ha venido todos los del mercado y algunos de los que ayudaron el Día del Trabajo. Tendrías que haberlo visto, Rafe. En todo el pueblo no había sitio suficiente para que aparcaran los coches de toda la gente que ha venido al mercado. Vamos a tener que allanar más terreno. Claro que no creo que se llene tanto todos los fines de semana. Mucha gente ha venido por curiosidad y darnos su apoyo. ¡Y vaya si lo han hecho! A las diez de la mañana ya no quedaba ni un pastel.

—¡Eso es genial! —exclamó Rafe, sincera-
mente sorprendido y contento.

—Sí que lo es —respondió Frank orgullosamente—. Las mujeres han formado un comité
para decidir en qué gastar el dinero.

—Me alegro mucho de que haya ido tan bien.
Voy a ver si encuentro a Amos.

—No olvides comer algo. Fannie ha traído
unas costillas riquísimas.

Rafe asintió, pero no dijo nada. No tenía intención de entrar al granero si podía evitarlo. En
cuanto a la comida, no habría podido ingerir bocado, tenía un nudo que le bloqueaba la garganta.
Lo mejor sería rodear el granero e intentar ver a
Amos desde la puerta de atrás.

Una pareja besándose en la oscuridad le hizo
sentirse aún más amargado; hizo que pensara una
vez más en todo lo que había perdido. En Maggie.

Al llegar a la puerta y ver a Peter y a Maggie
bailando en el centro del granero supo que nada
podría aliviar el dolor que sentía. Al verla moverse sintió un ardor en el estómago y comprendió
por primera vez hasta qué punto había deseado
que Maggie formara parte de su vida. Deseaba
algo más que hacer el amor con ella; deseaba despertar a su lado cada mañana, desayunar con ella,
discutir... ¡y reconciliarse! Maggie le había hecho
recordar el placer de vivir, de tener amigos y una
mujer. Ahora que la veía en los brazos de otro
comprendía todo lo que había perdido.

Amos pronto sería mayor, y Rafe tendría que

dejarlo marchar, que hiciera su propia vida. Entonces la casa quedaría vacía, en silencio y todo el trabajo del mundo no podría distraerlo de la tristeza de cenar solo cada noche.

—Papá, ¿qué haces ahí de pie en la oscuridad?

Rafe se sobresaltó al oír la voz de su hijo.

—Hola, Amos. ¿Te estaba buscando? ¿Nos vamos?

—Es muy pronto. ¿No quieres entrar y comer algo? Louisa ha traído pollo frito.

Rafe sonrió con ternura.

—Preferiría irme ya. Mañana tengo que levantarme muy pronto.

—Pero, papá, ¡es una fiesta!

Estuvo a punto de ceder, pero entonces pensó en el caballo que esperaba a conocer a su nuevo dueño. Estaba deseando ver la cara de Amos.

—Vamos, hijo, vámonos a casa —dijo dirigiéndose hacia la camioneta y dando la espalda a su futuro.

La alegría de su hijo consiguió aliviar ligeramente la tristeza de Rafe. Fue una maravilla ver su reacción y poder compartir la noche con él. Amos llevaba mucho tiempo pidiéndole un caballo, pero Rafe sabía que no había albergado esperanza alguna de conseguirlo, por eso la sorpresa había sido mayor.

Mientras le veía acariciar al animal, Rafe se dio cuenta de que aquél era un momento irrepetible.

—¿Crees que se llevará bien con Tyla?

—Seguro que sí.

La respuesta satisfizo a Amos, que siguió mirando al caballo.

—Deberías haber venido al mercado, papá —le dijo unos segundos después—. Nunca había visto tanta gente, ni siquiera cuando Maggie nos llevó al centro comercial. ¡Era increíble!

—Sí, ya me ha dicho Frank que ha sido todo un éxito.

—Sí que lo ha sido, excepto cuando Fannie se puso a llorar porque todo el mundo le pedía pasteles y ya no le quedaban, y Maggie le dijo que no podía creer que hubieran hecho tanto dinero, y Jody dijo que quién iba a imaginarlo, y Louisa dijo que ella y que así aprenderían a no hacer las cosas en el último momento, y…

—¡Tranquilo, Amos, te vas a ahogar! —le dijo Rafe sonriendo.

Amos se echó a reír.

—Maggie dice que hablo mucho. Dice que sería un buen político.

—Puede que tenga razón —murmuró acariciándole la cabeza a su hijo.

—Ha estado buscándote todo el día.

—¿Sí? —preguntó tratando de no parecer demasiado interesado.

—Sí. He oído que le preguntaba a Fannie un millón de veces si no ibas a ir. Fannie le dijo que no sabía, así que yo le dije que nunca vas a las fiestas. Papá, yo creo que le gustas.

—¿Tú crees? Bueno, eso ya no importa.

—¿Por qué? ¿Es que a ti no te gusta? Cuando nos llevó al cine pensé que te gustaba mucho.

—Así era. Y es, pero ahora que está con ese Messer, ya no tendrá tiempo para… nosotros.

—¿Con Messer? ¿Quieres decir como novios? Ah —Amos se quedó pensativo—. Yo pensé que él estaba enamorado de Jody —el muchacho parecía confundido—. Cuando los vi besándose, pero…

Rafe intentó controlarse.

—¿A quién viste besándose, hijo?

—A Peter y a Jody.

—¿Estás seguro?

—¡Claro que estoy seguro!

—¿Cuándo los viste besándose?

—Hoy, en el granero de los Hendersen. Estaban dados de la mano en la parte de atrás, y él la besó. Ellos no me vieron, pero yo a ellos sí, y vi que ella no lo apartó, así que supongo que le gustó.

Rafe estaba anonadado. Peter Messer jamás traicionaría a Maggie, ni jugaría con las dos.

—¿Sabes una cosa, hijo? Acabo de darme cuenta de que no he recogido las cajas de las manzanas. ¿Qué te parece si volvemos a donde los Hendersen a por ellas?

—¡Bien! —Amos saltaba de contento—. Así podré contarle a todo el mundo lo del caballo.

Durante el camino hacia casa de los Hendersen, Rafe se dijo a sí mismo que debía estar tranquilo, pero estaba tan enfadado con Peter y tan preocupado por Maggie que apenas podía pensar con claridad. Lo único que quería era que Maggie no sufriera. ¡Y que sufriera Peter! Pero no podía avergonzarla montando una escena. Eso también avergonzaría a Jody. ¿Qué debía hacer entonces? Seguramente lo mejor fuera hablar a solas con Messer y decirle un par de cosas. Lo echaría de Primrose para siempre y protegería a las mujeres de sus encantos.

Cuando llegaron a la granja de los Hendersen, Amos estaba completamente dormido en el asiento de delante. Rafe casi lo prefería, así no veía nada.

Buscó a Peter Messer por todas partes, pero el doctor había desaparecido. La que sí estaba allí era Maggie, que estaba hablando con Louisa. La anciana fue la primera que lo vio.

—¡Vaya, vaya! Mira quién ha aparecido.

Al verlo, Maggie abrió los ojos de par en par.

—¡Rafe! ¡Cuánto me alegro de que hayas podido venir! Amos me dijo que nunca vas a las fiestas, pero esperaba que hoy hicieras una excepción. Es una noche muy especial.

Rafe esbozó una tenue sonrisa.

—Sí, ya he oído que el mercado ha sido un éxito.

—¡Ha sido increíble! —exclamó Maggie con una sonrisa que le derritió el corazón.

—¿No has estado por aquí antes? —intervino Louisa en tono cortante.

—Sí, vine a recoger a Amos.

—¿Y cómo es que has vuelto?

—Había olvidado algo.

—Sí —dijo Maggie—. Pedirme bailar.

—¿Quieres bailar conmigo? —preguntó Rafe, sorprendido.

Maggie se ruborizó.

—Pensé que podríamos alcanzar una tregua, al menos por esta noche. Hay que celebrar el éxito del mercado, Rafe.

—Yo no bailo.

—Está bien. Sólo era una idea.

Rafe vio el gesto de Louisa y se dio cuenta de que había cometido un error.

—Bueno, quizá…

Maggie volvió a sonreír.

—¿Quieres bailar?

Rafe miró a su alrededor, todo el mundo parecía estar pasándolo en grande. No iba a hacer el ridículo delante de todo el pueblo.

—¿Has visto a Peter Messer?

Maggie se encogió de hombros, visiblemente decepcionada.

—Hace un momento estaba bailando con Jody.

—Si me disculpáis, iré a buscarlo. Tengo algo que… decirle… es importante —farfulló antes de alejarse.

Louisa lo observó unos segundos antes de hablar.

—Maggie, yo que tú iría tras él. No me gusta la mirada que hay en sus ojos, no promete nada bueno para Messer.

—¿Tú crees?

—¡Sí!

Maggie lo vio salir del granero a toda prisa.

—Puede que tengas razón. Si no he vuelto dentro de treinta minutos, envía refuerzos.

Nada más salir del granero, oyó unas voces en la oscuridad y se alegró al comprobar que se trataba de Rafe, Peter y Jody. Estaban discutiendo.

—Por el amor de Dios, Rafe —oyó gritar a Peter—. Si me escuchas...

—¡Messer, no quiero oír nada que tenga que decir un sinvergüenza como tú!

Rafe parecía furioso.

—Rafe, entra en razón y no seas bruto.

Jody también respondía.

—Maldita sea, Jody, no te metas en esto. ¡No tienes idea...!

—Maldito seas tú, Rafe. ¡Claro que tengo idea!

—¡No, Jody! Sólo intento protegerte de este aprovechado. ¡Este hombre es escoria!

—¿Escoria? —repitió Peter con incredulidad—. Pero ¿por qué...?

—¡Rafe! ¡Jody! ¡Peter! —gritó Maggie con todas sus fuerzas.

Los tres se volvieron a mirarla.

—¡Maggie! Cuánto me alegro de verte —dijo Jody—. A lo mejor tú puedes hacer entrar en razón a este loco.

—No te metas en esto, Maggie —le dijo Rafe—. Jody no sabe de lo que está hablando.

—Y no es la única —espetó Peter.

Rafe cerró los puños, y Peter hizo lo mismo, pero entonces se echó a reír.

—Por Dios, Rafe, ¿no irás a pegarme de verdad? ¡Esto es ridículo!

—¿Tú crees? —Rafe estaba tan furioso que agarró a Peter por la pechera de la camisa.

Peter intentaba zafarse de él, pero no podía dejar de reírse.

De pronto Maggie lo comprendió todo.

—Rafe, suéltalo —le ordenó, pero Rafe no reaccionó—. ¡Rafe, suéltalo! Jody, llévate a tu novio y déjame que hable con Rafe.

—¿Su novio?

Rafe la miró con los ojos muy abiertos.

—Así es, Rafe. Peter es el novio de Jody. Y ahora, por última vez, suéltalo.

Rafe bajó las manos de golpe, y Peter pudo marcharse. Antes estuvo a punto de decir algo, pero una mirada heladora de Maggie se lo impidió. Después de verlos marcharse, Maggie se volvió a mirar a Rafe.

—¿En qué demonios estabas pensando?

—Yo…

—¡Exacto! ¡No estabas pensando!

—Yo…

—¿Acaso creías que ibas a solucionar algo comportándote como un Neandertal? ¿Cómo pudiste creer que Peter y yo…? —Maggie no podía ni terminar la frase—. ¿Es que no lo has visto con Jody? Rafe Burnside, ¿eres ciego aparte de tonto?

—Maggie, yo...

—Por el amor de Dios, ¿es que no sabes decir nada más? —pero Rafe no reaccionaba, no conseguía hablar.

Frustrado por tal bloqueo, Rafe agarró a Maggie por los hombros y la estrechó en sus brazos.

—¡Maggie, calla, por favor! ¡Hablas demasiado! —para un hombre de pocas palabras lo mejor era la acción—. La besó en los labios, y así se lo dijo todo.

—Rafe —dijo ella en un suspiro cuando por fin la soltó minutos después.

—Maggie —dijo él apoyando su frente en la de ella—, no puedo seguir así. Estoy locamente enamorado de ti, hasta el punto de comportarme como un lunático. ¡Dios mío, no puedo creer que haya estado a punto de pegar a Messer! No puedo pensar, no puedo dormir, no he podido hacer ninguna de las dos cosas desde que apareciste en el pueblo. Y lo peor es que mi hijo está dormido en la camioneta cuando debería estar en su cama... ¡y todo por tu culpa!

—¿Qué? ¿La culpa es mía?

—Maggie, ¡cásate conmigo! ¡Te lo suplico!

—¿Para que puedas volver a tu montaña? —lo acusó ella con voz burlona.

—Exacto. Para que pueda volver a mi montaña y para que, al final del día, me esperes en el porche con una cerveza fría.

—Eso es imposible, granjero. Te recuerdo que yo también trabajo.

—Tienes razón, lo siento. Entonces yo te esperaré a ti cuando llegues a casa.

—¿Con una cerveza fría?

—Lo que tú quieras —Rafe sonrió y la besó de nuevo.

—Eso está mejor. ¿Qué más?

—¿La cena? —preguntó él, titubeante.

—Si la preparas tú.

—Si te gustan los congelados, de acuerdo.

—Un momento, ¿y ese delicioso caldo escocés?

Rafe se echó a reír.

—Eso era algo especial. Tardé horas en hacerlo… y lo hice por ti. A mí me encantan los sándwiches.

—Tendremos que negociarlo.

—Maggie, ¿podrías pensarlo en serio? A estas alturas ya debes de saber que te quiero.

Maggie consideró la idea unos segundos.

—Debería pensar en mi reputación…

—Claro —dijo él sonriendo.

—No me has preguntado qué es lo que siento yo por ti.

Rafe frunció el ceño.

—Supongo que si dices que sí, es que me quieres. No eres de las que se casan con un hombre al que no quieren.

—Eso es cierto. Está bien, lo intentaré.

Rafe meneó la cabeza.

—Lo siento, nada de intentos. Esto es definitivo, pero no te preocupes, te haré muy feliz.

—¿Y estás seguro de que yo te haré feliz a ti?

—¿Roncas?

—¡No! —respondió ella con una carcajada—. ¿Y tú?

—Tendrás que averiguarlo personalmente, preciosa.

Una vez hecha la negociación, Rafe le agarró la mano y se la besó.

—Me encantaría seguir con esta conversación, pero hay un muchacho en la camioneta que debería estar en su cama.

Maggie levantó la mirada hacia Rafe con ojos chispeantes de alegría.

—Ahora podré pasar más tiempo con Amos.

—Lleva mucho tiempo esperando que esto suceda.

—¿Tú crees?

—Lo sé. Desde el día que se fue Rose. Y desde el día que apareciste tú. Ha estado cortejándote por mí. Mañana cuando se levante, se pondrá muy contento. Estará casi tan feliz como su padre.

Epílogo

UN poco de silencio, por favor —pidió a gritos Fannie Congreve.

Maggie vio cómo Fannie sonreía a Frank. Cuántas cosas habían pasado desde que había conocido a aquella mujer en el porche de su casa. ¿De verdad habían sido sólo seis meses? Los niños habían crecido muchísimo durante el invierno. Estaban sentados junto a su padre, en completo silencio como sin duda les había pedido Frank, y ellos obedecían; una obediencia basada en el cariño, no en el miedo.

Miró por encima de la multitud de cabezas que tenía delante. Todo el mundo estaba allí a pesar de la nieve, allí pocas cosas se cancelaban por el tiempo. Había muchas cosas que hacer antes de que llegara la primavera si querían que Primrose saliera de su crisálida, y eso era algo que la nieve no podría impedir.

Observó a Rafe maravillada. Estaba de pie en el estrado del colegio, junto a Fannie, que llevaba un vestido nuevo que la favorecía mucho. Increíblemente, Rafe había accedido a que le cortara el pelo. No había hecho un trabajo muy fino, pero se habían reído mucho la noche anterior cuando él se había empeñado en hundir la cara entre sus pechos mientras ella sujetaba las tijeras en la mano. Finalmente había acabado por conseguir llevársela a la cama.

Ahora era su portavoz, algo a lo que Rafe se había resistido hasta que había comprendido que era necesario que lo hiciera. Así se lo habían dicho sus vecinos la noche que habían llamado a su puerta: Primrose necesitaba una mano firme que señalara el camino… él era la persona en la que más confiaban… la gente le escucharía.

Al lado de Maggie, Amos se revolvía en su asiento, cansado después de un largo día, pero Maggie había insistido en que asistiera a la reunión. Quería que viera lo que estaba haciendo su padre, lo importante que era para Primrose. Quizá algún día Amos ocupara el mismo lugar y ayudara a sus vecinos como lo hacía su padre. Si Primrose se convertía en la clase de pueblo del que los muchachos no querían marcharse.

—… en cuanto al mercado rural… un gran éxito… —oyó decir a Fannie con una voz que iba adquiriendo fuerza con cada palabra.

Al mirar a Rafe de nuevo, lo encontró mirándola también, a pesar de que Maggie se había escondido al fondo del salón. Nadie podría darse cuenta de que estaba sonriendo, pero ella sí porque conocía cada centímetro de su hermoso cuerpo, sabía lo que le gustaba a su marido, conocía el sabor de su boca y el tacto de sus manos.

Sabía también cuánto le había costado estar allí sentado con lo que odiaba llamar la atención, pero lo había hecho por ella y por el pueblo que comenzaba a ponerse en pie después de tantos años de debilidad. Nada iba a cambiar de la noche a la mañana. Pero tenían muchos años por delante, tanto el pueblo como Maggie y Rafe. Años que vivirían en armonía… como una familia. Juntos.

Julia

...armen O'Brien estaba muy ocupada cuidando de todos
...s hermanos y realizando su trabajo. Por si eso no hubiera
...do suficiente, acababa de aparecer en su vida un hombre
...apo y sexy llamado Jack Davey.

...a maravilloso poder divertirse un poco para variar, pero
...a tenía que pensar en su familia.

...ro entonces descubrió que estaría unida a Jack para siem-
...e. Llevaba mucho tiempo ejerciendo de madre, pero aho-
... iba a serlo de verdad, y necesitaba a Jack más que nun-
...a...

Perdida en tus brazos
Lilian Darcy

Perdida en tus brazos
Lilian Darcy

**Cuando pensaba
que no podría con
más responsabilidades…
se quedó embarazada**

Jazmín

Loca por el jefe
Jessica Hart

Pearl James estaba entusiasmada con su nuevo empleo, hasta que un test de personalidad le reveló que su máximo afán era llamar la atención, como un pavo real. Sin embargo, su jefe, Edward Merrick, era más bien como una pantera: un ser poderoso, decidido y despiadado.

Pearl sabía que lo más lógico era olvidarse de la atracción que sentía por él y trabajar duro para conseguir un ascenso. El problema era que cada vez que estaba con Ed, no se sentía nada profesional. ¡Estaba enamorándose perdidamente de él!

Con sólo conocer a su atractivo jefe se había puesto a temblar y a sonreír tontamente...

Deseo™

Seis meses de pasión

Katherine Garbera

Años atrás, la desesperación había llevado a Bella McNamara a aceptar ser la amante del millonario Jeremy Harper durante seis meses. Ahora había llegado el momento de que Jeremy reclamara que cumpliera su parte del trato.

Lo que él no sabía era que Bella ya era toda suya, incluyendo su corazón. Se había enamorado de aquel poderoso hombre incluso antes de comprometerse a hacer aquella locura. Y ahora disponía de seis meses muy íntimos para poner en práctica su plan: convertirse en la esposa de Jeremy.

Podría hacerla suya... pero el precio era el amor

Bianca™

¿Creería que se había quedado embarazada de otro hombre… o podría aquel bebé arreglar su matrimonio para siempre?

En opinión de Patrizio Trelini, todo parecía indicar que Keira Worthington le estaba siendo infiel… y nadie se atrevía a burlarse de un italiano implacable como él. Así pues Patrizio echó de casa a su esposa y no quiso escuchar sus mentiras.

Pero dos meses más tarde Patrizio necesitaba que Keira volviese a su vida… y a su cama, aunque seguía convencido de que ella lo había traicionado.

Estando de nuevo a su lado, Keira tenía una última oportunidad de demostrar su inocencia… ¡pero entonces descubrió que estaba embarazada!

Esposa inocente

Melanie Milburne